ANA CURAÇA

SAMUEL SOARES

PONTE DA REALIDADE

Ponte da Realidade

Ana Curaça e Samuel Soares

ARTE
FELIPE DE ALMEIDA SILVA
ANA LUIZA CURAÇA

REVISÃO
GABRIELA – MUNDO ESCRITO

AUTORES
ANA CURAÇA
SAMUEL SOARES

DIAGRAMAÇÃO
ANA LUIZA CURAÇA

ISBN
978-65-00-10778-4

Dedicamos esta obra á todos os que sonham com a possibilidade de viver uma nova vida, com novas escolhas e caminhos, sempre que se encontram perdidos em meio ao caos do cotidiano, porém, com um breve aviso: este livro não foi escrito com o intuito de preencher expectativas, logo, se preparem para o inesperado.

Sumário

Capítulo 1

Vinte e seis de fevereiro de 2021, noite fria em São Paulo. A garoa fina caía sobre o meu rosto, misturando-se às lágrimas que escorriam. Sem esperanças de mudanças; à espera do inevitável dia de minha morte — assim era como eu me sentia.

Antes de contar como fui levado a esse momento de desconsolação, acho apropriado que eu me apresente. Meu nome é Pietro. Sou de uma família humilde do subúrbio de São Paulo. Minha mãe morreu no meu parto e, a partir de então, fui criado pelo meu pai, um homem simples, mas de coração enorme. Desde a morte da mamãe, sempre foi só nós dois. Às vezes ele saía com algumas mulheres, mas nunca chegou ao ponto de apresentá-las a mim; não sei se eu considerava isso algo bom ou ruim. Em alguns momentos, eu sentia falta de uma mãe. Não que eu soubesse como era ter uma, mas, por causa da experiência que tinha com as mães de alguns amigos meus, imaginava como seria ter essa figura feminina em minha vida. E elas, as mães dos meus amigos, sabendo que eu havia perdido a minha própria mãe cedo demais, cuidavam de mim com todo carinho, e aquilo fazia com que eu me sentisse especial, como se eu realmente fizesse parte de algo. Isso não quer dizer que meu pai não sabia cuidar de mim. Pelo contrário, ele sempre fez o máximo que pôde para me criar. Sempre trabalhou duro para me manter bem alimentado e bem vestido, esforçando-se tanto quanto podia para fazer os papéis de pai e de mãe, não só me sustentando e protegendo como também me dando conselhos e me ajudando com os deveres de casa da escola. Ele dizia o quão importante era manter minhas notas sempre altas, já que a vida não era nada fácil para pessoas como nós; além disso, como sabia do meu sonho de estudar fora do Brasil, buscava constantemente me incentivar, nunca desacreditando do futuro melhor que eu almejava. Papai sempre foi um homem justo, sábio, esforçado e inteligente; fazia mais pelos outros do que por si mesmo, e fazia ainda mais por mim. Era um homem de bom coração, mas a vida nem sempre é justa com as boas pessoas.

Aos meus catorze anos de idade, meu pai foi baleado na cabeça enquanto voltava do trabalho. Ele ficou em coma por três semanas, até que não resistiu e faleceu. Depois disto, as coisas começaram a desandar. Desde que me entendo por gente, eu nunca me imaginei sem ele; por isso, quando vieram me contar o que tinha acontecido, eu senti que minha vida havia chegado ao fim junto com a dele. A dor era forte demais, eu não podia ficar sem meu pai, sem a única pessoa que nunca desistiria de mim e que sempre confiou no meu potencial, mesmo nos meus piores momentos. Saber que eu teria que continuar minha vida, uma que aparentemente seria muito longa, já que eu era uma criança, sem o meu pai ao meu lado, me fez achar que eu não conseguiria seguir em frente.

Um pouco depois de meu pai morrer quase me meti no mundo do tráfico. Cheguei a fazer um pequeno trabalho na companhia de um amigo de escola. Fomos pegar uma encomenda para um cara com quem ele trabalhava, mas quase não saímos com vida. A polícia nos flagrou e foram socos e chutes para todos os lados. Então, naquele momento, em meio aos socos que me atingiam em cheio no rosto e no estômago, eu pensei no meu pai, no que ele ia pensar de mim, em como ficaria decepcionado. Descobri que não queria aquilo, mesmo que, à primeira vista, parecesse ser o único caminho para o qual a sociedade me empurrava, mesmo que ninguém acreditasse que eu fosse capaz de trilhar uma outra jornada.

Depois de passar cinco meses na Fundação Casa, eu fui morar com uma tia no centro de São Paulo. Ela trabalhava como diarista e quase não recebia o suficiente para manter nós dois em um pequeno apartamento. Comecei, então, a fazer uns bicos após o horário da escola e, ao terminar o Ensino Médio, consegui um emprego fixo; queria me endireitar e ter condições de ajudar a mulher que aceitou cuidar de mim quando eu não tinha mais ninguém. Por vezes, ela era um pouco dura comigo, mas eu sabia que ela me amava, que não queria eu notando como estava passando a ser difícil manter nós dois. Eu me sentia um peso.

Capítulo 2

Onze e vinte e cinco, já enrolei demais, preciso acabar logo com isso, pensei, enquanto ficava sentado no banco daquela praça, sentindo as gotas em meu rosto, chorando por não aceitar que tudo ao meu redor continuasse a desmoronar. No entanto, sentado ali, foi quando eu a vi pela primeira vez. Ela estava sentada no banco do outro lado. Um capuz cobria metade de seu rosto, mas eu podia ver que seus olhos, em meio aos cachos molhados, estavam fixos nos meus... ela parecia olhar dentro da minha alma, e aquilo mexia comigo de uma forma inexplicável. Ela veio na minha direção e eu fiquei esperando, congelado.

— Pietro, como é difícil te encontrar nesse lugar. — Foi a primeira coisa que ela disse ao se sentar do meu lado e me abraçar.

— Como você sabe o meu nome? — Nesse momento, apesar de estar desconfiado, notei que o que ela despertou em mim era uma das primeiras coisas reais que eu sentia há meses.

— Você não me reconhece? — Ela pegou minha mão e a envolveu nas suas, olhando mais uma vez no fundo dos meus olhos.

— Eu deveria?

— Droga. O que eu fiz de errado? Você deveria se lembrar de mim. Eu não entendo... eu segui todas as especificações. Está certo que eu me atrasei um pouco, mas... — Ela parecia estar apenas pensando alto. Quando se deu conta de que eu ainda estava ali, continuou: — Eu preciso que você me escute com atenção. Eu sei que as coisas estão difíceis, mas eu posso te ajudar. Você merece mais do que isso. Sua vida não precisa ser aqui. Ser assim. — Ela soava desesperada e arrependida.

Mais cedo naquele mesmo dia...

Acordei às seis e quinze da manhã, como todos os dias de semana, e fui tomar banho. Eu tinha terminado a escola fazia um tempo e estava trabalhando em uma padaria perto de casa, todo dia depois de um curso de informática gratuito que achei na internet. Depois de tomar um banho e de me arrumar, fui para cozinha tomar café junto com a minha tia, mas tinha um bilhete grudado na geladeira:

Tive que sair mais cedo hoje, porque vou trabalhar na casa da dona Ester, em Perus, e depois na casa do senhor Guilherme. Este mês nós vamos precisar de dinheiro extra para o aluguel, então vê se tenta fazer hora extra na padaria do Seu João. Tem café na garrafa e pão no armário de cima. Cuidado para não se atrasar para o curso. A gente se vê mais tarde. Juízo, eu te amo.

Eu também te amo, tia, pensei, enquanto deixava o bilhete de lado e ia tomar meu café.

Depois de comer e escovar os dentes, saí do apartamento, tranquei a porta e desci para o estacionamento. Lá embaixo eu peguei minha bicicleta e pedalei vinte minutos até o curso. Foi um dia típico, ensolarado, tirando que tivemos uma avaliação surpresa sobre sistemas e eu tinha certeza de que não iria ter uma boa nota.

Saí do curso junto com um amigo de infância, Felipe, e ele não parava de falar sobre como estava ansioso para as férias de julho.

— Mano, eu não vejo a hora de entrar naquele avião e finalmente realizar meu sonho de ir para os Lençóis. Vai ser a melhor viagem da minha vida. — O Felipe era um garoto de família rica, mais especificamente por parte de pai, e sempre que tinha oportunidade de falar das suas viagens, ele falava. Eu não me importava; era bacana ter ele por perto; mesmo se gabando demais, ele era gente boa. – Já disse que se você quiser pode vir comigo, não disse, cara?!

Comecei a dar risada, já era a terceira vez que ele me convidava. Eu queria ir, mas não podia.

— Eu estou falando sério.

— Eu já falei que a gente tenta da próxima vez, mano. Minha tia precisa de mim. Não posso ir e deixar que ela pague esse aluguel sozinha. Ela está devendo por minha causa. Desde que vim morar com ela, as coisas não foram ficando mais fáceis; bem pelo contrário...

— Você tem que parar de achar que é um peso na vida de todos ao seu redor. Precisa relaxar. Vamos lá para casa, eu tenho um do bom. — Ele me olhou e piscou para mim. Tudo para ele era fácil demais.

— Não, mano. Já falei para você que, com essas coisas, eu não me envolvo mais. Além disso, tenho coisas mais importantes para fazer essa noite. — Ia ser uma noite importante, eu ia colocar as coisas em seu devido lugar.

— Falando nisso, você tem tido notícias do Marcelo? — Ele não me olhou ao fazer a pergunta.

— No dia em que eu saí da Fundação ele foi me buscar na porta. Eu disse que não queria mais saber dele. Depois disso nunca mais tive notícias. — Meu coração apertava todas as vezes que eu me lembrava daquele dia.

Um pouco antes de começar o primeiro ano do ensino médio, e um pouco depois de o meu pai morrer, o Felipe se mudou para o centro de São Paulo, para morar com o pai dele, e ficamos apenas eu e Marcelo. Logo após o Marcelo abandonar a escola e acontecer toda a confusão com a polícia, eu decidi que não queria mais saber dele. Ele era meu melhor amigo desde a infância, mas mentiu para mim de uma forma que eu nunca iria esperar que ele fizesse. Depois de me mudar para a casa da minha tia, reencontrei o Felipe no curso de informática e deixei ele a par de tudo o que tinha acontecido. Não que ele já não soubesse, pois a notícia da apreensão das drogas passou nos jornais durante dias.

Peguei minha bicicleta; o Felipe foi andando para o outro lado, ia encontrar uns amigos. Pedalei direto para o trabalho.

— Boa tarde, Seu João. — Cumprimentei-o, encostando a bicicleta no muro da padaria. — Tem como me deixar fazer hora extra hoje? Minha tia está precisando de um dinheiro a mais este mês.

O Seu João era um cara legal; já era velho, uns setenta anos, mas era muito ativo e gostava de conversar. Eu sabia que ele gostava de mim, me achava um bom garoto. Ele me deixou ficar garantindo que eu iria receber pelos menos uns 50 reais a mais. Depois de trabalhar a tarde toda, voltei para casa. Começou a chover na metade do caminho e aparentemente seria assim até o fim do dia. Quando cheguei em casa, minha tia ainda estava fora. As casas onde ela havia ido trabalhar eram realmente longe e dia de semana ela chegava muito tarde. Liguei para ela para ver se estava tudo bem.

— Oi, tia, é o Pietro. Como a senhora está?

— Oi, garotinho. Eu estou bem. Acabando de passar as roupas do senhor Guilherme. Hoje ele vai pagar um táxi para eu voltar para casa. Eu disse que não precisava, mas ele insistiu. Você precisa de alguma coisa?

— Esse cara é gente boa, tia. Não preciso de nada, não, só queria saber se está tudo bem. Eu te amo muito. — Ao dizer isso, meu coração apertou; talvez fosse melhor que eu não tivesse ligado, as coisa seriam mais fáceis. — Vai ficar tudo bem, tia. A senhora vai ver. Tem um pote de vidro no meu guarda-roupas, com todas as economias que fiz depois de trabalhar. Tem bastante dinheiro, é tudo para a senhora.

— Oh, meu filho, a tia também te ama. O que aconteceu que está me dizendo essas coisas? Você está bem?

— Estou, sim. Eu só queria te tranquilizar quanto ao aluguel. A senhora merece o mundo. Beijos.

Desliguei o telefone antes que ela pudesse dizer mais alguma coisa e fui guardar o dinheiro que tinha recebido. Troquei de roupa e fui até a cozinha comer alguma coisa. Esquentei a comida do dia anterior e comi com calma, pensando em tudo o que já tinha me acontecido. Coloquei o prato na pia, lavei a louça e fui até o meu quarto. Abri uma das gavetas e peguei a arma que estava lá. A arma que o Marcelo tinha me dado quando saí da Fundação Casa. Mesmo depois de eu dizer que não ia mais me envolver com aquilo, ele insistiu e eu acabei cedendo antes de mandar ele sumir. Não tinha certeza do motivo de ter ficado com ela, mas agora finalmente me seria útil. Guardei a arma na cintura e fui pegar um guarda-chuva.

Já estava escuro e andei até a praça perto de onde eu morava. Sentei em um banco próximo a algumas árvores floridas e fechei meus olhos. Comecei a chorar descontroladamente e a pensar em como as pessoas ao meu redor sempre sofriam e acabavam morrendo ou indo embora. Eu era um peso. Coloquei a mão na cintura para dar início ao fim daquela vida cruel, mas aí eu a vi, do outro lado, me olhando.

Novamente às 23:30

— Do que você está falando? — Tentei me afastar, pois, nesse momento, ela começou a parecer maluca. Mas ela segurou minha mão mais firmemente entre as suas.

V Eu sei que agora parece esquisito, mas você sente que me conhece; tem que sentir. A forma que você me olha... como da primeira vez. Confie em mim. Se quiser que as coisas mudem vá hoje para o relógio na Catedral. Quando chegar lá, você vai ver uma fenda se abrindo, assim que der meia-noite passe por el...

— Você é maluca? Ou está querendo brincar comigo? Eu vou embora. — Me levantei rapidamente e comecei a andar, mas ela veio correndo até mim, me segurou pelos ombros e desesperadamente me disse:

— Me escuta! Eu quero te ajudar. No fundo você sabe que o que eu digo é verdade; você sempre teve uma criatividade absurda. Me perdoa por não ter te escutado. Eu prometo que agora tudo vai ser diferente. Eu preciso de você. Agora eu tenho que ir, mas não esqueça: á meia-noite passe pela fenda. — Ela me abraçou muito forte e depois saiu correndo.

Vendo-a sumir em meio a chuva que estava piorando, me veio um questionamento: *Já são onze e meia, o que eu faço? As coisas que ela disse não fazem sentido algum, mas ela parecia tão convicta; tão sincera. Bom, se alguém estiver brincando com a minha cara preciso ver com meus próprios olhos.*

Corri até a Catedral, com o ar quente da noite em meu rosto, e me dirigi até o grande relógio. Olhando as horas comecei a correr por aproximadamente cem degraus, ouvindo o ponteiro bater meia-noite.

Ao chegar lá em cima notei que estava tudo em absoluto silêncio, mas tinha uma coisa estranha na minha frente. Parecia um portal, cheio de cores e de luzes.

— Que merda é essa?! — Falei para o nada.

Nitidamente não havia mais ninguém naquele lugar. Quando finalmente pensei em desistir me veio a voz da garota em mente. *Bem, não custa nada entrar nessa brincadeira, afinal eu já estou aqui mesmo. Além disso, já passou da meia-noite, nada vai acontecer.* Me aproximei da fenda e...

Escuridão.

Capítulo 3

Uma luz muito forte começou a bater em meu rosto. *Que dor de cabeça absurda!* Foi a primeira coisa em que pensei. Abri meus olhos e olhei ao redor; notei que eu estava em meio a várias engrenagens e vitrais. *Que sonho mais esquisito... já estou começando a me esquecer dos detalhes. Que dia é hoje?* Peguei meu celular e olhei o horário e a data: nove vinte da manhã. Dia vinte e oito de fevereiro de 2021. *Meu Deus, onde eu estou?! Perdi total noção do tempo.* Me levantei e enxerguei uma escada; fui até ela e comecei a descer. No final tinha uma pequena porta por onde passei. Ao chegar do lado de fora notei que estava no Campus da Universidade Western Michigan. *O que eu estou fazendo aqui?* Peguei meu celular de novo e vi cinco chamadas perdidas da minha mãe.

Peguei um táxi e fui embora. Chegando em casa minha mãe estava na varanda, mas por um segundo quase não a reconheci. Paguei o taxista e fui andando em direção a ela.

— Pietro, onde você estava? Eu te liguei a noite toda!!! Achei que tinha acontecido alguma coisa séria. — Ela veio até mim e me abraçou.

— Calma, mãe, eu estou bem. Acho que fui até a Universidade ontem, de novo, para olhar mais uma vez, e acabei adormecendo na torre do relógio.

Nesse momento meu pai saiu pela porta da varanda.

— Desde pequeno você sempre amou aquele relógio... por favor, não faça mais isso, sua mãe quase ficou louca, além de quase me enlouquecer junto.

Passei meu braço pelos ombros da minha mãe e sorri para eles.

— Desculpa, pessoal. Não foi minha intenção. Será que agora a gente pode entrar? Ou eu vou me atrasar para a faculdade. As aulas voltam hoje.

— Isso porque estava dormindo lá. — Minha mãe brincou.

Nós três entramos em casa e fomos direto para a cozinha tomar nosso café da manhã.

Que sensação esquisita; é como se fosse a primeira vez que eu estivesse em casa, pensei, ao olhar em volta. Quando chegamos perto da mesa comecei a ficar extremamente tonto e me veio à mente algo parecido com uma lembrança.

Eu estava na janela de um quarto. Tinha uns doze anos de idade. Olhava uma foto da minha mãe grávida de mim, mas o cenário era diferente, aquela não parecia ser a minha casa. Eu estava chorando, quando meu pai parou na porta e depois veio até mim.

— Filho, o que foi? Não chora. — Ele me envolveu confortavelmente em seus braços. — Meu menino, vai ficar tudo bem. Eu estou aqui com você; sempre vou estar.

Abri meus olhos e não estava conseguindo respirar direito.

— Pietro, acorda filho!! O que aconteceu? Você está bem? —Minha mãe e meu pai estavam agachados ao meu lado; aparentemente, eu havia desmaiado.

— Calma. Eu só fiquei meio tonto.

— Meu amor, não faz isso comigo. — Minha mãe estava tremendo. Meu pai e ela me ajudaram a levantar. — Tem certeza de que está tudo bem?

— Sim, eu tenho. Deve ser apenas fome que fez minha pressão baixar.

Minha mãe pegou um copo de água e trouxe até mim na mesa. Demorou um tempo até eu conseguir convencer os dois de que eu estava bem, mas em dado momento eles se acalmaram. Nos sentamos e começamos a comer.

— Filhão, não esqueça que hoje você tem consulta depois da faculdade. Eu vou te buscar. — Meu pai soou meio preocupado ao dizer isso.

— Consulta? Que consulta?

— Esqueceu de novo, Pietro? Estou começando a achar que você está fugindo de querer saber o motivo dessas dores de cabeça e desmaios.

— Deixa ele, Sam, o menino acabou de passar mal.

Meu pai sempre foi o mais severo de casa; gostava das coisas em ordem e sempre ajudava minha mãe a deixar tudo organizado. A minha mãe já era mais tranquila e gostava de evitar conflitos ao máximo; quase não ficava brava com as coisas que deveriam deixar qualquer um irritado.

Fui terminando de tomar café, mas aquela sensação estranha não saía de mim; era como se eu não morasse naquela casa enorme; como se meus pais fossem completos estranhos.

Terminei de comer e subi até o meu quarto para tomar um banho.

Enquanto a água quente caía sobre meu corpo eu refletia sobre aquele sonho estranho que havia tido na noite passada. Não conseguia me lembrar de muita coisa, apenas de um clarão, como se tivessem ligado um farol de caminhão no meu rosto. Desliguei o chuveiro e fui me trocar; mal terminei de arrumar o cabelo e escutei meu pai gritando com aquele tom sério, meio bobo, que só ele tinha:

— Pietro, vamos!! Eu sei que você quer impressionar as garotas, mas você já é bonito o suficiente. Anda logo.

Peguei minhas coisas e desci as escadas correndo. Em seguida, dei um beijo molhado na minha mãe, do tipo que ela sempre achava engraçado e irritante, e fui até o carro. No caminho ficou um silêncio estranho entre meu pai e eu, e só havia a buzina dos carros ao redor no trânsito caótico de São Paulo; era como se fôssemos desconhecidos e, por uma fração de segundos. toda a minha vida pareceu uma mentira... *espera, como assim "São Paulo"? Por que eu pensei nitidamente estar no Brasil?* Mas antes que eu pudesse pensar em algo a mais, chegamos ao meu destino. Universidade Western Michigan.

Ao descer do carro meu corpo parecia estar em um tipo de colapso interno. Apesar de ser meu segundo ano, aquela ansiedade nunca passava. Me despedi do meu pai e caminhei para o interior do campus. Passei por um grande gramado com algumas árvores e bancos. Havia diversos estudantes com seus livros em mãos. O lugar era simplesmente incrível, com o relógio imenso e imponente do prédio centenário.

Enquanto observava ao redor, eu a vi. Uma garota em meio a tantas outras; mas ela parecia se destacar. Eu pude enxergar seus cabelos enrolados, castanhos de um tom brilhante, e aquele olhar de tirar o fôlego. Enquanto eu a olhava, notei que aquela sensação de colapso havia ido embora. Aqueles olhos... aquela garota me transmitiu uma paz incrivelmente boa.

Olhei o relógio após notar que o gramado estava mais vazio que antes e me apressei para a aula.

Entrei na sala e me sentei em uma carteira no centro, sem querer chamar muita atenção. Era meu segundo ano de faculdade e eu ainda não conversava com muitas pessoas ali, só com um cara que às vezes se sentava comigo. Os minutos se passaram, até que o primeiro professor entrou na sala e começou a introdução do segundo ano do Curso de Astrofísica. Desde muito cedo essa área já me intrigava; saber a origem do universo, estudar e tentar buscar respostas para fenômenos jamais vistos antes.

Sem que se passasse muito tempo desde o início da aula, resolvi sair para beber água. Estava um calor insuportável e meu nervosismo voltava aos poucos.

Caminhando por aqueles corredores, avistei de longe uma garota sentada no corredor, com as costas apoiada na parede. À medida que fui me aproximando pude reconhecê-la. *A menina que vi na entrada.* Quando cheguei mais perto percebi que ela estava com os olhos cheios de lágrimas. Assim que passei em frente a ela pude observar que ela me olhava de um jeito que fez meu coração doer; mas continuei seguindo em frente. *O que você está fazendo, idiota? Não pode simplesmente deixar ela lá.* Dei meia-volta e andei devagar até ela. Sem saber muito bem o que fazer simplesmente comecei a falar, enquanto passava a mão na nuca, tentando disfarçar o nervosismo:

— Oi, meu nome é Pietro; Pietro Evans. Eu sei que não é da minha conta, mas você está bem? Quer conversar?

— Está tudo bem. — Ela respondeu, com a cabeça baixa.

Fiquei um pouco sem graça e com medo de forçar a barra, mas tentei um pouco mais quando percebi que ela não iria dizer mais nada.

— Olha, eu sei que não te conheço e que você obviamente não me conhece, mas eu só quero te ajudar. — Ela me olhou e respirou fundo, secando o rosto cheio de lágrimas.

— Eu vou falar, mas só porque você provavelmente está fazendo isso por educação e coincidentemente eu preciso conversar. — Ela me olhou com o rosto sério e eu não entendi se era brincadeira ou não, mas acreditava mais na segunda opção. — Eu estava namorando um cara, as coisas não estavam indo bem, então eu resolvi terminar. — Ela começou a chorar de novo. — Mas ele é um completo idiota e não aceita o término; começou a me perseguir. Estou ficando assustada.

— Caramba. Isso deve ser assustador... eu te aconselho a denunciar, ou algo assim, e se você estiver com medo eu posso te acompanhar. — Ela olhou para mim com as sobrancelhas arqueadas. — Você obviamente não vai querer minha companhia, porque eu sou um cara que você nunca viu na vida e posso estar querendo me aproveitar de você. Não é isso, mas se quiser eu falo com a minha mãe; ela é incrível.

Ela começou a rir de como eu agi diante do olhar dela e depois acrescentou:

— Não precisa, de verdade. Você não é responsável por mim.

Me levantei e corri até a minha sala enquanto ela me olhava de longe. Peguei minha mochila e voltei para perto dela.

— Vou ficar aqui.

Mais uma vez, ela olhou no fundo dos meus olhos, e foi como se pudesse desvendar meus maiores segredos. Logo em seguida, ela sorriu e deu de ombros. A partir daquele momento foi como se meu mundo estivesse congelado.

— Obrigada. A propósito, meu nome é Luiza Parker. — Ela secou as lágrimas enquanto levantava as sobrancelhas para mim novamente, o que me deu vontade de rir.

Capítulo 4

Ficamos no corredor conversando durante uma hora sobre meu curso de Astrofísica e o dela de Biologia Marinha, até ela se levantar e me puxar pelas mãos.

— Vem comigo, vou te mostrar um lugar.

Nós dois saímos para o campus ensolarado e começamos a caminhar em direção ao relógio. Ao chegarmos, ela abriu a porta por onde eu havia saído mais cedo e foi subindo as escadas. Eu fiquei apenas olhando enquanto ela ia subindo, iluminada pela luz do sol que estava atravessando as janelas que havia lá dentro. De repente ela olhou para trás e colocou a mão sobre os olhos para me enxergar melhor.

— Anda logo, Pietro, pode vir comigo. Eu não vou te morder. — Era difícil saber quando ela estava brincando e quando estava falando sério, mas ela abriu um sorriso, o que me deixou um pouco menos confuso.

— Me desculpe, eu não tive a intenção de parecer desconfiado. — Senti que, nesse momento, meu rosto estava começando a ficar vermelho de vergonha.

Ao chegarmos lá em cima ela se sentou ao lado de uma engrenagem onde parecia haver um pequeno banco.

— Eu deixo este banco aqui para quando preciso respirar e pensar sozinha. Este lugar é um dos meus favoritos no mundo. — Ela disse isso enquanto gesticulava para que eu me sentasse ao seu lado.

— Engraçado... desde menino eu sempre amei subir aqui e admirar a vista através dos vitrais. Essa arquitetura me fascina. Não há nada igual no mundo.

— As coisas tendem a ser mais bonitas de longe, não é mesmo?! Aqui a vida parece tão mais fácil... pena que é só impressão. — Ela soou extremamente triste mais uma vez.

— Você quer falar sobre o que aconteceu?

Ela abaixou a cabeça e começou a contar uma parte de sua história.

— Ele foi muito bom para mim no começo do nosso relacionamento. Sempre tão carinhoso e engraçado... me apoiava em todas as minhas decisões sobre a vida, sabe?! Ele era diferente de todos os garotos com os quais eu estava acostumada. — Ela parou de falar por vários minutos.

— E então, o que deu errado? — Parei de olhar para os vitrais e olhei em sua direção; ela estava com o olhar fixo no horizonte.

— E então... o meu pai morreu e....

Nesse momento tudo ao meu redor começou a desaparecer.

Era um dia quente de verão, um sábado, e eu estava com alguns amigos voltando do futebol. Nós éramos em três e estávamos rindo muito porque um dos garotos tinha acabado de tropeçar e cair... Marcelo, era esse o nome dele.

— Parem de rir, seus otários. Eu machuquei minha perna, tem como um de vocês me ajudar? — Eu e o outro menino, o qual não conseguia me lembrar do nome, fomos até ele e começamos a ajudá-lo. Assim que ele se levantou, se apoiando na perna boa, eu vi o senhorzinho da venda da esquina correndo até nós.

— Pietro, vem aqui, garoto!!! — Ele parecia estar com muita pressa.

— Calma, Chico, o que foi? Prometo que dessa vez eu não peguei nenhuma bala fiado.

— Pietro, é sobre o seu pai. Você tem que ir para casa; sua tia está te esperando lá. — Ele estava nitidamente triste e com pena de mim, o que começou a me deixar com uma crescente sensação de ansiedade.

— Meu pai? O que aconteceu com o meu pai? — Ele ficou apenas me olhando. — Chico, o que houve? — Comecei a querer chorar, estava com medo.

— Vá para casa, menino.

Nesse momento, minha cabeça mais uma vez começou a explodir e, de longe, eu ouvia a voz da Luiza me chamando, preocupada.

— Pietro, Pietro!! — Ela estava segurando os meus braços, tentando me fazer acordar.

Quando finalmente voltei à consciência estava com uma dor insuportável, suando. Notei que estava deitado no chão e fui me levantando, devagar.

— Ei, o que aconteceu? Você desmaiou do nada. — Ela segurou a minha mão e não soltou mais, me ajudando a levantar; aquilo causou um choque que percorreu todo o meu corpo.

— Eu não entendo o que está acontecendo comigo. Desde hoje cedo que me sinto estranho.. Me perdoa por isso. — Me sentei no banco novamente.

— Não precisa pedir perdão. Se você quiser, eu posso chamar alguém.

Sem que eu pudesse responder, ela pegou o celular para ligar para alguém caso eu aceitasse a proposta, mas pareceu ficar nervosa com algo que viu.

— Eu preciso ir. Amanhã a gente se fala? — Com um ar surpreso eu gesticulei que sim com a cabeça e ela desceu apressadamente as escadas.

Resolvi ir atrás dela; estava decidido a chamá-la para sair. Desci as escadas correndo e quando cheguei ao jardim do campus vi um cara ao lado da Luiza. Eles pareciam estar discutindo. Me lembrei do ex-namorado e resolvi observar de longe, afinal ela poderia precisar de ajuda.

Fiquei olhando por alguns minutos e os dois começaram a ir em direção a um carro. Ele a estava segurando pelo braço, parecia estar obrigando ela a ir junto. Fui correndo em direção a eles.

— Luiza? Está tudo bem? Eu vi você de longe e então eu resolvi perguntar, já que a gente tinha combinado de fazer aquele trabalho. — Olhei para ela de forma que pudesse entender que era para entrar na onda daquela desculpa esfarrapada, mas, sem deixar que ela falasse uma só palavra, o cara resolveu atravessar nossa conversa.

— Quem é você? Nunca ouviu falar que não se deve meter em briga de casal, seu otário?

Naquele momento o sangue subiu para minha cabeça, e falei, tentando manter a calma:

— Você não tem o mínimo de educação, não? Eu falei com ela, mas já que quer tanto falar comigo, por mim tudo bem.

Eu sempre fui um cara civilizado, sempre procurei ficar longe de confusões. Com doze anos de idade meu pai me colocou para praticar artes marciais e sempre aprendemos a ficar longe de brigas, usar a luta apenas como esporte, mas ali, naquele momento, era completamente diferente.

— Cara, eu nem te conheço, por que eu iria querer conversar contigo?

A Luiza veio até mim e me pediu para deixar aquilo quieto, mas aquele olhar, pedia socorro e fingi que não a escutei.

Falei, olhando diretamente nos olhos daquele cara:

— Você não se acha o valentão?! Tá com medo de ter uma conversinha de homem pra homem?

Quando se fere a honra de um idiota, ele não recusa esse tipo de pedido. Ele tentou me acertar, mas errou.

Peguei o babaca pelo colarinho da camisa e prensei ele entre mim e a parede. Falei olhando diretamente em seus olhos:

— Você se acha muito macho, não é?! Ameaçar uma garota simplesmente porque ela é mulher e a acha frágil demais?

— Você é o que dela? O namoradinho novo? Você não tem nada a ver com isso. Acho que já terminamos por aqui. Agora me solta.

Em um tom mais ríspido, respondi:

— Não te interessa o que eu sou dela. Eu não terminei de conversar contigo, então você vai me escutar. Eu conheço caras como você, que se acham os donos do mundo, mas você vai deixar a Luiza em paz. Você não vai conversar mais com ela, não vai chegar perto dela. Você não me conhece, não sabe do que eu sou capaz e se você tentar fazer qualquer coisa, eu juro que te caço até o inferno. Estamos entendidos?

— Eu vou deixar vocês em paz, relaxa. – Ele respondeu em um tom surpreso, e o soltei; mas no final, com um toque de sarcasmo, acrescentou: — Faça bom proveito dela. — E saiu andando, com um sorrisinho idiota no rosto.

Eu nunca havia falado com ninguém daquela forma. Desde que me entendo por gente meu porte físico colaborou comigo. Talvez eu não seja um nerd comum, como todos esperam. Sempre fui alto demais para a minha idade, com ombros largos e boa postura; por isso as pessoas têm uma visão equivocada quando me veem; geralmente pensam "como um jovem negro que usa esse tipo de roupas estuda nas melhores escolas do país? E ainda por cima sem nenhum privilégio de bolsa?", mas tudo bem, eu estava acostumado e nem as culpava. Eu escutava esse tipo de coisa desde criança, e meus pais nunca deixaram de me dizer o quão difícil seria a vida para mim por conta da minha cor de pele. Mesmo com uma boa condição financeira eu iria sofrer apenas por ser quem sou.

Depois disso, o ex da Luiza atravessou a rua e entrou no carro, sem nem sequer olhar nos olhos dela, indo embora.

Ela veio na minha direção com um ar de felicidade. Pude ver o seu semblante radiante mesmo de tão longe e quando se aproximou, me abraçou com força.

Ficamos em silêncio por alguns segundos, mas de repente me lembrei do meu pai. Peguei o celular e olhei a hora. Havia diversas chamadas perdidas dele.

— Luiza, eu preciso ir agora. Depois a gente se fala, tá bom? Você está bem? Quer que eu te leve para casa?

— Sim, está tudo bem. Não precisa me levar, minha mãe pode vir me buscar. — Assim que me virei para sair ela me chamou novamente. — Ei, tenho ingressos para assistir aos Pistons sexta à noite. Vamos? – Ela pegou meu celular e anotou seu número.

— Não precisa nem implorar, é claro que vamos. Agora eu preciso ir, até mais. – Dei um beijo na testa dela e corri até a entrada do Campus.

Capítulo 5

Quando cheguei ao portão meus pais já estavam me esperando dentro do carro; assim que eles me viram o meu pai desceu e começou a vir até a minha direção.

— Onde você estava? Já faz mais de trinta minutos que estamos aqui te esperando. Isso é muita falta de responsabilidade da sua parte!

Parei de frente para ele e falei calmamente:

— Relaxa, pai. Eu tive um problema com uma das minhas colegas de classe. Ela estava precisando de ajuda.

— Pouco me importa o que... — Nesse momento minha mãe desceu do carro também.

— Olhem aqui, vocês dois. Essa discussão não vai levar ninguém a nada. Agora entrem no carro e vamos logo antes que o Pietro perca a consulta.

Nós dois nunca a contrariamos quando ela saía do tom de voz que era comum a ela. A palavra da mamãe sempre foi valiosa.

Entramos no carro e começamos a ir em direção ao hospital.

Ooi, me manda mensagem assim que chegar em casa?!

Enviei a mensagem para a Luiza, desliguei meu celular e olhei pela janela. Minha cabeça estava explodindo.

Já fazia um mês que essas dores haviam começado; no início eu pensei ser apenas enxaqueca, mas depois começaram os desmaios e os apagões. Qual a diferença entre eles? Os apagões me faziam esquecer tudo o que eu fazia em períodos de mais de duas horas, como se eu não tivesse controle sobre o meu corpo, e os desmaios geralmente duravam apenas alguns minutos, apesar de agora virem acompanhados de algo que parecia sonho.

Na primeira vez que a minha mãe presenciou um desses desmaios, ela me levou às pressas para o hospital, onde foi minha primeira consulta. Os médicos me viraram de cabeça para baixo, mas não encontraram absolutamente nada. A partir daí começaram as consultas semanais. Até agora eu estava apenas tomando remédios comuns para dores de cabeça, mas nunca adiantava por muito tempo.

A consulta, dessa vez, seria para pegar o resultado de uma tomografia, a quarta durante esses cinco meses. Eu tinha a impressão de estar começando a pegar raiva de hospitais; por isso, às vezes, perdia os horários marcados de propósito; motivo pelo qual meu pai se irritava tanto comigo quando o assunto era minhas consultas.

— Pietro, chegamos, meu amor. — Minha mãe desceu do carro comigo e começamos a entrar no hospital enquanto meu pai ia estacionar. — Você está bem? Está com dor?

— Estou com um pouquinho de dor, sim, mãe, mas não é nada demais. — Ela me olhou de um jeito doce e preocupado. —Não se preocupe, dona Stella, vai ficar tudo bem. — Passei meu braço ao redor dela e entramos juntos.

Ficamos aguardando o médico chamar por aproximadamente quinze minutos e, quando entramos, o meu pai ficou do lado de fora do consultório.

— Boa tarde, podem se sentar. Quanto tempo em, Pietro?! Como você está?

A sala era muito bem-iluminada; com a mesa do doutor no canto esquerdo, uma janela atrás da mesa, com a qual a gente dava de cara ao entrar no consultório, uma maca na parede direita e umas pinturas espalhadas pela parede esquerda. Em cima da mesa estavam dois quadros, onde se via a família do doutor: uma bela mulher e duas crianças, gêmeas.

Puxei uma cadeira para a minha mãe.

—— Boa tarde, doutor. — Ela disse, educadamente.

— Boa tarde, Dr. Phillip. — Respondi, enquanto me sentava na outra cadeira, em frente à mesa. — Eu estou como todas as outras vezes, mas nesta semana os desmaios e os apagões foram um pouco piores. Com ênfase nos desmaios.

— Piores, como?

Arrumei minha postura. Falar sobre aquilo era meio complicado, já que eu não entendia muito o que estava acontecendo e porque não achavam o motivo logo. Parecia que eu estava inventando tudo.

— Hoje eu acordei dentro do relógio do campus, e não me lembro de absolutamente nada antes disso, apenas do momento em que saí de casa e vi a chuva. Depois de acordar eu desmaiei uma vez em casa e outra na faculdade. Al...

— Como assim você desmaiou na faculdade? — Minha mãe perguntou.

— Não foi nada demais mãe... então, além disso, eu tenho tido algumas *"visões"*. Parecem sonhos de uma outra vida, e agora acontece toda vez que desmaio..

— Desde quando tem tido essas "visões"? Já as tinha quando veio mês passado?

— Eu não me lembro bem. Tudo antes de hoje cedo está meio confuso; embaçado. Sinto como se estivesse ficando louco. Me lembro apenas de algumas coisas de infância que foram marcantes para mim; e de algumas coisas não tão especiais, porém nada detalhado.

Não contei que quase não reconheci a minha mãe.

— Você definitivamente não está louco. O resultado do seu exame saiu hoje cedo. Preciso te explicar algumas coisas.

Minha mãe segurou a minha mão por baixo da mesa.

— Vamos, sem suspense. — Sorri para ele tentando acalmar os nervos.

O Dr. Phillip abriu uma das gavetas na sua mesa e pegou um papel. Minha mãe apertou forte a minha mão e eu devolvi o aperto.

— Pietro, de acordo com as imagens da tomografia você está com um aneurisma cerebral. — Ao ouvir isso, senti como se as coisas estivessem ficando distantes, mas fiz o máximo de esforço para continuar consciente. — Um aneurisma cerebral nada mais é que a fraqueza de um dos vasos sanguíneos do cérebro, mais especificamente entre o lado inferior dele e a base do crânio, que infla e se enche de sangue. A má notícia é que o coágulo pode se romper a qualquer momento, principalmente contando com o fato de que nós demoramos para encontrá-lo e só conseguimos o encontrar porque ele inflou bastante nesse último mês. A boa notícia é que podemos começar o tratamento neste instante, sem mais delongas.

Minha mãe colocou as mãos no rosto e começou a chorar. Ela sempre foi muito sensível e, desde que eu era pequeno, me dizia o quanto tinha medo de me perder. Eu a abracei sutilmente.

— Como funciona esse tratamento, doutor? São apenas comprimidos?

— Nós podemos começar com anti-hipertensivos e anticoagulantes, que irão reduzir a sua pressão arterial, evitar a formação de novos coágulos sanguíneos e ajudar a dissolver os já existentes. Mas se eles não fizerem efeito em um mês, ou se o seu aneurisma se romper, iremos operar imediatamente.

— Qual é o risco de morte nesses casos? — Perguntei, com um ar calmo, mas por dentro estava tudo girando. — Seja sincero.

— Meu intuito aqui é salvar vidas e não ao contrário. Nós faremos o possível para que essa doença não cause danos maiores.

— O senhor não respondeu à minha pergunta.

— A chance de morte é considerável. .

— E por que não operar agora? — Minha mãe perguntou.

— Porque o local é de difícil acesso e precisamos de tempo para organizar uma estratégia cirúrgica. Os remédios vão ajudar por enquanto, não se preocupe.

Depois disso, conversamos mais um pouco com o médico e saímos do consultório. Meu pai estava sentado do lado de fora e, quando nos viu, se levantou rapidamente.

— E aí, como foi?

— A gente pode conversar sobre isso em casa? Agora eu não estou a fim de conversar. Desculpa. — Respondi.

Minha mãe o olhou de uma forma que só eles entendiam; dizendo com o olhar que era melhor conversarmos mais tarde. Ele a abraçou e nós saímos em direção ao carro

Durante todo o caminho até em casa o silêncio perdurou. Eu estava tentando transmitir calma para os meus pais, mas por dentro era diferente. *Como que um garoto de dezoito anos pode ter uma coisa dessas na cabeça?*

Senti o celular vibrar e vi que a Luiza havia mandado uma mensagem.

Já cheguei em casa. Sexta à noite ainda está de pé?

Mal posso esperar para ver o Griffin destruindo naquela quadra.

Quando me dei conta meu pai já estava estacionando o carro na garagem.

— Finalmente. — Minha mãe comentou, com um tom abatido, enquanto descia do carro. Eu desci também e a abracei fortemente.

Entramos em casa, sentamos no sofá e contamos para o meu pai o diagnóstico. Ele pareceu ficar mais abalado que minha própria mãe. Ele me abraçou forte e aquilo foi extremamente reconfortante.

Minha mãe chegou mais perto e passou os braços ao redor de nós dois.

— Vai ficar tudo bem, pessoal. Não é o fim do mundo. — Falei.

— Você sempre foi calmo, não é, meu filho?! Ainda bem que puxou a mim; coitado de você se tivesse puxado a sua mãe. — Meu pai brincou.

— Há ha!! Muito engraçado, Sam. O Pietro puxou você só na aparência.

Depois de as coisas ficarem tão pesadas, parecia que tudo estava voltando ao seu devido lugar novamente.

Minha mãe foi até a cozinha fazer o jantar e meu pai foi junto para ajuda-la. Peguei meu celular e fui para o quarto, direto para o chuveiro. Depois de tomar um banho me deitei e nem sequer percebi o momento em que adormeci.

Capítulo 6

Só fui acordar no outro dia, às sete da manhã, antes de o despertador tocar. Levantei da cama e desci até a cozinha, tinha um bilhete da minha mãe no balcão.

Fui ao mercado fazer a compra do mês e depois vou passar na sua tia Mary. Seu pai vai chegar mais cedo do trabalho hoje e nós vamos até a casa da sua avó Margareth mais tarde. Tenta se programar direitinho.

Coloquei o bilhete de volta onde estava, peguei o cereal no armário, uma vasilha e fui comer no sofá. Meu celular apitou.

Bom dia, senhor Pietro. A Bela Adormecida já resolveu se levantar?

Era uma mensagem da Luiza.

Bom dia, senhora Luiza. Para a sua grande felicidade, sim.

Conversamos um pouco e subi para organizar as minhas coisas e ir para a faculdade.

Durante o resto da semana eu e a Luiza almoçamos juntos todos os dias e estávamos nos aproximando cada vez mais. Todos os dias a gente ia à sorveteria para estudar um pouco antes de nós irmos embora para as nossas casas, e aquilo se tornou um costume, como se fosse um lance só nosso. Até que finalmente chegou a sexta-feira, o dia do jogo. Naquele dia eu e ela decidimos que não iríamos nos ver durante a manhã e o dia inteiro antes da hora do jogo, para não estragar a magia da ansiedade antes de sair com alguém; o que obviamente foi uma ideia dela.

Naquela manhã, tive aula sobre Matéria Escura e Nebulosas e, depois, fui para casa. Assim que cheguei, fui para o quarto e fiquei deitado, assistindo a alguns filmes, até que ouvi meus pais chegando juntos em casa e olhei o horário. *Já são quase sete horas, preciso me arrumar*, pensei comigo mesmo. Mandei uma mensagem para ela, a fim de pegar o endereço de sua casa, e fui tomar um banho para depois me trocar.

Coloquei meu tênis favorito, um preto, que era o da sorte, uma calça preta básica e uma camiseta preta básica também. Desci as escadas, dei um beijo nos meus pais e perguntei para a minha mãe onde estava a chave do carro.

— Onde você pensa que vai, mocinho? — Ela indagou, com aquele tom que usamos com uma criança de quatro anos.

— Conheci uma garota na faculdade, vamos ao jogo dos Pistons.

Ela com certeza percebeu o quão empolgado eu estava, pois fez um semblante chateado antes de dizer:

— Você não vai dirigir. E se acontecer alguma coisa? Eu não me perdoaria. Deixa que eu levo vocês.

Isso me deixou extremamente frustrado; eu já não estava me sentindo bem e ela agir daquela maneira, como se eu fosse morrer a qualquer momento e não soubesse disso, me deixava pior.

— Agora vocês vão me tratar como uma criança com uma doença terminal? Eu não preciso que vocês comecem a agir como se eu já estivesse morto.

— Calma, filho, ela não quis te ofender. Desse jeito você vai acabar mordendo ela. — Meu pai falou.

— Desculpa. Eu só não quero que vocês comecem a me tratar dessa maneira.

Ela me abraçou e concordou comigo; em seguida me deu a chave do carro.

— Se cuida. Seja um cavalheiro com a garota.

— Luiza, mãe. O nome dela é Luiza.

— Então, seja um cavalheiro com a Luiza.

Entrei no carro e olhei no celular o endereço que ela tinha me mandado. Depois de uns vinte minutos, eu cheguei. Quem atendeu a porta foi a mãe dela; ela me olhou encantada, e, muito simpática, disse:

— Você que deve ser o famoso Pietro Evans. Prazer em conhecê-lo. Eu sou a mãe da Luiza, Donna Parker. Pode entrar

— O prazer é todo meu, senhora Parker. — Passei por ela e parei perto da escada, que ficava de frente para a porta de entrada. — A senhora é muito bonita, se me permite dizer. — E isso definitivamente não era uma mentira. Ela era um pouco mais baixa que eu. Ombros largos com pequenas pintinhas, que eram visíveis através de sua camisa branca, de linho fino. Seu cabelo era igual ao da filha, mas com um tom um pouco mais escuro. Os olhos eram mais claros, quase esverdeados, e possuíam um brilho intenso.

Ouvi alguns passos e olhei para trás; a Luiza começou a descer as escadas lentamente. Ela estava incrivelmente linda. Estava com um vestido rodado, branco de estrelinhas pretas, e uma meia preta que ia até os joelhos; além disso, para a minha surpresa, ela estava com um tênis igual ao meu.

— Filha, eu já falei para você não usar tênis junto com vestidos. — A senhora Parker disse a ela, envergonhada.

— Não, não, senhora Parker. Ela está linda; incrivelmente linda. — Eu disse, admirado.

Eu já tinha notado que ela tinha um estilo só dela, e isso a tornava ainda mais interessante.

A Luiza parou ao meu lado e olhou com carinho para a mãe dela.

— Tá vendo, mãe?! Eu disse que ele é um fofo. Além disso, nós estamos com o mesmo tênis. Deixa eu adivinhar, Pietro, esses são os seus tênis da sorte? — Ela falou isso de forma alegre, levantando as sobrancelhas daquele jeito engraçado que ela fazia, e acrescentou. — Agora vamos logo, antes que comece o jogo.

Nos despedimos da mãe dela e fomos para o carro.

—Nós realmente temos uma conexão surreal. — Brinquei.

— Eu ganhei esse tênis com quinze anos de idade, é o meu favorito. Além disso, quando estou com ele os Pistons nunca perdem.

– Engraçado, porque, quando eu uso o meu, os Pistons nunca perdem. Estou começando a ficar com medo de você. — Brinquei novamente, já que fazer piadas era minha forma de disfarçar o nervosismo.

— Agora, me conta, como que um nerd, que cursa astrofísica, tem tempo para coisas como basquete?

— Desde que me entendo por gente, eu sou apaixonado por basquete. Meu pai sempre me incentivou a torcer para o Pistons. Ele me levava para todos os jogos, e, quando a gente não conseguia ir até o estádio, não perdíamos um pela televisão, sempre vestidos com as nossas camisetas do time e comendo frango. — Eu sorri. — Eu amo me lembrar disso; me traz uma sensação indescritível.

Apesar de eu me sentir extremamente bem me lembrando dessas coisas, essa era uma das únicas lembranças que eu conseguia ter da minha infância, além de coisas bem básicas; de resto, era como se tudo estivesse em branco.

Chegamos ao estádio e eu estava quase desmaiando de fome, então sugeri que fôssemos comprar frango frito.

Sentamos no centro da arquibancada. O jogo já havia começado e estávamos perdendo de 20 a 15 para o Chicago Bulls. Pela primeira vez, eu não estava me importando tanto com o jogo, eu só queria ficar perto da Luiza e estava torcendo para que ela estivesse com o mesmo frio na barriga que eu.

No decorrer do jogo tentei descobrir mais sobre ela; e à medida que ela me contava sobre si, eu ficava mais admirado. Ela amava ler, gostava de assistir bons filmes, desde os mais clichês aos dos grandes heróis de quadrinhos, e não suportava os de terror, assim como eu. Ela detestava gente estúpida e amava os animais. Ela era engraçada; me fazia rir a todo instante e eu a fazia rir de propósito, só para admirar aquele sorriso mais e mais. Ela era doce, simples e não precisava de muito para fazê-la feliz. Ela não precisava de ninguém, era uma garota forte e independente, não esperava ninguém agir por ela; quando queria algo, ela ia atrás e fazia de tudo para alcançar seus sonhos. Além disso, tinha uma prótese no lugar do quarto dente de cima, porque desmaiou quando era criança e o verdadeiro quebrou.

Capítulo 7

O jogo acabou 100 a 98 para o Bulls e nós estávamos arrasados com o placar.

— Parece que hoje nossa sorte foi anulada. Esse seu tênis aí não está com nada. — Eu disse para a Luiza, empurrando-a de leve com o braço.

— Há ha, você é extremamente engraçadinho, sabia?! — Ela respondeu, dando risada.

Fomos até o carro conversando sobre as partes do jogo que mais gostamos e sobre os momentos em que pensamos que nosso time iria virar o placar.

Durante o caminho para casa, nós decidimos passar pelo relógio da Universidade, para observar as estrelas.

— Não podemos demorar, porque a minha mãe me pediu para eu chegar em casa antes da meia-noite. — A Luiza falou, enquanto a gente descia do carro.

— Eu só tenho uma notícia que talvez você não vá gostar muito... — Respondi, passando a mão no pescoço.

— O que foi?

— A gente provavelmente vai ter que pular a cerca, sabe?! — Eu comecei a rir da cara com a qual ela me olhou, como se insinuasse que eu fosse louco.

Depois de mais ou menos uns dez minutos, eu finalmente a convenci de entrar comigo. Foi umas das coisas mais engraçadas que me aconteceu. Eu fiz apoio com as mãos e ela usou toda a sua força para conseguir se erguer e pular; era extremamente engraçado tentar manter o equilíbrio junto com ela sem olhar para cima, já que ela estava de vestido.

— Pietro Evans, não ouse olhar para cima, você está me ouvindo bem? — Ela me disse isso de forma ameaçadora e eu comecei a rir mais ainda. — Eu estou falando sério, garoto. E para de rir antes que eu caia daqui.

— Relaxa, eu não sou um pervertido, tá legal?! O que você pensa de mim?

Ela conseguiu pular; e, assim que alcançou o chão do outro lado, olhou para mim através das grades no muro. Logo respondeu, dando uma piscadinha:

— Você provavelmente não vai gostar da resposta.

Depois foi a minha vez de pular.

Fomos pelo caminho mais rápido e mais escuro, para não corrermos o risco do vigia da noite nos ver.

Quando chegamos na porta que dava diretamente para a escada do relógio, vimos que ela estava fechada.

— Como nós não pensamos que eles fechavam a porta à noite? Deveria ser algo meio óbvio, né?! — Falei.

— É sério que eu quase quebrei uma perna, mais de uma vez, para nada? — Ela olhou para mim, dando risada.

Eu me virei e a olhei de volta. Ficamos nos olhando fixamente, sem dizermos uma única palavra pelo que pareceu uma eternidade, mas foi a eternidade mais reconfortante da minha vida; eu realmente poderia passar a vida inteira apenas a olhando. Dei mais um passo para perto dela e segurei uma de suas mãos. Me encostei na porta da estrutura do grande relógio e a puxei delicadamente para mais perto de mim.

— Talvez não tenha sido para nada, afinal; ou você realmente acha isso? — Olhei-a nos olhos e fiquei esperando uma resposta, mas ela apenas me olhou e sorriu mais uma vez; eu entendi aquilo como um sinal e a beijei.

Tudo ao meu redor pareceu congelar. O barulho das árvores se tornou mais alto em meus ouvidos e pude sentir cada parte do meu corpo se arrepiar. Conseguia sentir a respiração dela mais acelerada e era uma sensação incrível. Então, de repente, escutamos um barulho e alguém perguntando:

— Quem está aí? Essa é uma propriedade privada.

Olhei para a Luiza e ela estava segurando a risada, sussurrando para mim:

— No três, a gente corre para a direita.

— Por que para a direita? — Sussurrei de volta.

— Porque é o lado que o guarda não está.

Ela começou a segurar a risada ainda mais e assenti com a cabeça. Contamos até três e começamos a correr; imediatamente, ouvimos alguém correndo atrás de nós.

— Ei, voltem aqui!!! Vocês não podem entrar nessa propriedade à noite. Parem de correr!!!

Aumentamos a velocidade e nos enfiamos em uma brecha em uma das paredes do prédio. Ouvimos o guarda se aproximar, parar, olhando ao redor, e depois continuar correndo.

— Vamos esperar mais alguns minutos e aí a gente corre até a cerca. – Ela sussurrou novamente, olhando para mim de forma carinhosa.

Depois de algum tempo esperando, corremos em direção à cerca e eu a ajudei a pular para o lado de fora; eu pulei logo em seguida, e começamos a correr em direção ao carro.

— Você é doido. Eu nunca mais vou confiar nas suas ideias malucas. — Ela gritou, enquanto a gente corria para perto do carro, ofegantes.

— Ah, para, vai. Você adorou, que eu sei; nunca vai se divertir tanto quanto se divertiu comigo hoje. A não ser que a gente saia mais vezes. — Gritei de volta, enquanto pegava a chave do carro.

Entramos no carro e nem paramos para respirar. Eu imediatamente o liguei e comecei a dar ré, enquanto nós dois dávamos risada sem parar. Olhei o relógio no painel do carro e vi que faltava um minuto para a meia-noite. Assim que terminei de dar ré, ouvi o relógio soar. O bater do relógio me fez perder a direção por alguns segundos. Coloquei o pé no freio e olhei na direção dos ponteiros. Enquanto a Luiza me perguntava se eu estava me sentindo bem, fiquei olhando fixamente para eles. Tinha uma luz diferente saindo pelos vitrais, e, à cima da estrutura do relógio, as nuvens estavam aglomeradas, criando um círculo...

Estava chovendo e eu estava em uma praça com uma garota que tinha metade do rosto coberto por um capuz. Ela falava com urgência:

— Eu sei que agora parece esquisito, mas você sente que me conhece, eu sei disso; a forma com que você me olha... como da primeira vez... confie em mim. Se quiser que as coisas mudem, vá hoje para o relógio na catedral. Quando chegar, vai ver uma fenda se abrindo. Assim que der meia noite passe por el...

— Você é maluca? Ou está querendo brincar comigo? Eu vou embora. — Nesse momento eu me levantei e comecei a andar, mas ela veio correndo até mim, me segurou pelos ombros e desesperadamente me disse:

— Me escuta! Eu quero te ajudar. No fundo você sabe que o que eu digo é verdade; você sempre teve uma criatividade absurda. Me perdoa por não ter te escutado. Eu prometo que agora tudo vai ser diferente. Eu preciso de você. Agora eu tenho que ir, mas não esqueça, à meia-noite passe pela fenda. — Ela me abraçou muito forte e depois saiu correndo.

Assim que ela sumiu, eu comecei a acordar.

— Ei, Pietro, por favor, acorda. O que aconteceu? Você está bem? Fala comigo!

Eu comecei a passar a mão no rosto e a falar com ela. Depois de me acalmar, passei meus braços ao redor dela e a abracei fortemente.

— Calma, Luz. Eu estou bem, só passei um pouco mal por conta da corrida intensa até aqui. Está tudo bem, se acalma. — Ela começou a se acalmar, parando de chorar, mas ficamos abraçados por mais alguns minutos.

— Você me assustou. Já é a segunda vez que isso acontece, Pietro. O que é que você tem?

Eu não sabia se contava a ela sobre o aneurisma, ou não, havia diversos prós e contras e eu morria de medo de como ela poderia reagir à notícia. Logo, eu simplesmente disse:

— É apenas cansaço, já falei. Tenho problema de pressão, só isso.

Ela encostou a cabeça no banco do passageiro com uma expressão de que aquela conversa ainda iria voltar à tona.

Depois de deixá-la em casa, fui direto para a minha; estacionei meu carro e fui para dentro. Me deitei na minha cama e pensei no que aconteceu naquela noite; tanto o beijo, quanto as luzes no relógio e os meus devaneios.

Meu Deus, ainda são duas da manhã, pensei, olhando o relógio do celular. Eu tinha acordado já fazia algum tempo e fiquei olhando pela janela do quarto. Tentei dormir novamente, mas parecia uma tarefa impossível. Minha cabeça estava a mil por hora. Comecei a pensar nas nuvens e na luz que achei ter visto no relógio durante a noite passada; foi aí que decidi pegar meus livros e ligar o notebook para estudar, afinal não havia horário melhor para isso. Mesmo sabendo quase que de cor a Teoria da Relatividade, de Einstein, resolvi dar uma revisada. Nunca era demais.

"De acordo com Einstein o Espaço e o Tempo estão diretamente ligados, ou seja, o Tempo é relativo, é diferente para cada pessoa..." — esse era um dos trechos do livro. Eu amava essa área e, cada vez que lia, era como se me apaixonasse de novo pela astrofísica. Comecei a estudar sobre algumas teorias de multiversos, que, apesar de parecer algo de super-herói, era uma das áreas mais interessantes da física para mim.

Abri meu caderno, coloquei o título do que iria estudar e comecei minhas anotações.

TEORIA DE EINSTEIN, EM 1905, ATRAVÉS DOS POSTULADOS DA TEORIA DA RELATIVIDADE — DINÂMICA QUE REAGE ÀS QUATRO DIMENSÕES.

- Se dois indivíduos se movem de maneiras diferentes eles experimentam também tempos diferentes.

Ou seja, se eu me movo mais rápido ou mais devagar que outro indivíduo que está comigo, eu estou experimentando um tempo diferente do dele.

- Túneis transitáveis no continuum espaço-tempo.

Na teoria de Einstein, aprovada por diversos físicos, é possível que existam <u>túneis no continuum espaço-tempo que sejam transitáveis e tornem possível a "viagem no tempo", ou a passagem para outras dimensões</u> completamente diferentes da nossa.

Os túneis são formados por três dimensões, propostas pela Física:

1. Altura
2. Largura
3. Profundidade

O *tempo* seria a quarta dimensão, para que os túneis pudessem existir.

Para os físicos, as <u>dimensões espaciais e temporais estão conectadas,</u> assim criando o continuum espaço-tempo. Teoria que engloba o Universo como um todo.

Comecei a sentir que meu corpo todo estava ficando rígido de tanto tempo sentado, escrevendo. Me levantei e comecei a me alongar. Olhei o relógio e vi que eram quase três e meia da manhã. Coloquei uma meia e desci até a cozinha para pegar um copo de água.

Quando entrei na cozinha, ao acender a luz, levei um susto: minha mãe estava sentada à mesa, chorando. Me aproximei dela e sentei ao seu lado. Ela pareceu não ter me notado, não de verdade; apenas olhou para mim, como se eu estivesse muito distante.

— Mamãe, o que aconteceu? — Perguntei, tocando em seu ombro, delicadamente.

Ela olhou para as próprias mãos e apenas resmungou algo que eu não entendi, então pedi para ela repetir. Ela olhou para a janela, fixamente.

— A vovó... a vovó Margareth morreu, filho. — Como demorei alguns segundos para assimilar a notícia, ela continuou, com a voz embargada. — O vovô me ligou faz uns vinte minutos. Você sabe como ela estava doente, já há alguns anos e... — Ela respirou fundo: – Hoje ela finalmente se entregou.

Minha cabeça começou a doer absurdamente. Apoiei a testa nos meus braços. Fiquei de bruços na mesa, olhando para baixo.

— Filho, você está bem? Está me ouvindo?

Eu estava correndo por uma ladeira, não conseguia respirar direito de tão rápido que corria; eu precisava chegar na minha casa. *Meu pai, meu pai, meu pai,* era a única coisa em que eu pensava.

Conseguia ouvir passos atrás de mim; sabia que eram os meus amigos. O Seu Chico havia dito para eles não virem junto, que era um assunto que dizia respeito apenas a mim, mas eles nunca me deixavam sozinho; éramos sempre nós três.

Comecei a sentir meu coração bater mais rápido quando cheguei em frente ao portão de casa. Eu não conseguia entrar, simplesmente congelei e não conseguia dar mais nenhum passo. Eu era apenas uma criança e estava aterrorizado. Olhei para trás, quando senti alguém tocar meu ombro: era o Marcelo; logo em seguida alguém tocou o outro, e era o Felipe. Os dois ficaram ali comigo, olhando para o portão. Dei mais um passo e entrei, um passo de cada vez. Minha tia estava sentada no sofá com as mãos no rosto, chorando muito. Eu fui andando devagar até ela e me agachei de forma que pudéssemos ficar cara a cara. Os meninos permaneceram perto da porta, apenas olhando.

— Tia, sou eu, o Pietro. O que aconteceu? — Minha voz falhou, mas me forcei a continuar: — Onde está o papai?

Ela olhou para mim, com seus pequenos olhos castanhos extremamente inchados. Ela e meu pai não eram irmãos de sangue, apenas por consideração. O pai dela, um asiático alto e simpático, se casou com a mãe do meu pai depois de dois anos que meu avô biológico havia morrido.

— Oi, menininho. — Ela me chamava assim desde bebê. — Senta aqui do meu lado, vem.

— Eu não quero me sentar, tia. Onde está o meu pai? — Eu estava começando a ficar impaciente e ansioso. Me levantei e fiquei olhando fixamente para ela; não conseguia desviar meu olhar para lugar nenhum, ou iria chorar.

— Pietro, quando seu pai estava voltando do trabalho, ele foi abordado por dois bandidos. Você sabe como as coisas aqui podem ser perigosas e... — Notei que ela estava começando a me enrolar e pigarreei, de leve: — Enfim, ele foi abordado e, após pegarem o pagamento do dia, ele tentou correr, mas levou um tiro... na cabeça. Ele já foi socorrido e está no hospital.

Um tiro na cabeça... meu pai levou um tiro na cabeça e está no hospital... um tiro na cabeça dele; do meu pai. Comecei a chorar, descontroladamente, como se ninguém estivesse me vendo, e caí no chão, de joelhos, com as mãos no rosto. Marcelo e Felipe correram até onde eu estava e se ajoelharam ao meu lado. Os dois passaram os braços ao redor do meu corpo, junto com a minha tia, e simplesmente ficaram ali. Eles nunca me deixavam sozinho; nós éramos assim.

— Filho, você está me ouvindo? — Minha mãe estava me sacudindo e pareceu não ter passado nem dois minutos desde o momento em que apaguei.

Levantei minha cabeça da mesa e a olhei. Ela estava meio embaçada. Passei a mão nos olhos e os fixei nela.

— Desculpa, mamãe, eu apenas estava distante. Não consigo acreditar que a vovó se foi. Sinto muito.

— Tudo bem, meu garotinho. Foi o melhor para ela. — Eu sabia que ela não acreditava nisso inteiramente, porque seus olhos se encheram de lágrimas novamente.

Eu não sabia o que dizer, então simplesmente encostei minha cabeça em seu ombro e ficamos em silêncio pelo que pareceu cinco minutos. Ela começou a falar novamente:

— Nós não iremos conseguir ir para a casa deles amanhã, para o funeral, então se programa, que mês que vem, quando seu pai pegar as férias do trabalho, iremos passar uma semana com o seu avô.

— Certo, tudo bem. Eu vou conversar com a direção da faculdade e tenho certeza de que eles irão entender. Espero que entendam. — A abracei fortemente e a deixei chorar em meu ombro.

Depois de mais alguns minutos ela se afastou e disse que queria voltar para a cama, pois precisava descansar. Peguei um copo d'água para ela e outro para mim e a acompanhei até o quarto. Voltei para a minha cama e continuei com os meus estudos. Agora eu realmente não conseguiria dormir.

"Este continuum pode ter algumas singularidades e defeitos. Imagine que você vê a parede de sua casa com largura, altura e profundidade, mas nela tem uma pequena rachadura. O mesmo pode ser descrito em quatro dimensões", diz o professor Luís Vitor de Souza, pesquisador na IFSC-USP.

□ Esta trinca, por menor que seja, é o que torna as coisas interessantes.

A "trinca" nesse espaço continuum que é mais comum para nós é o <u>buraco negro</u>. <u>Um buraco negro nada mais é que o espaço-tempo se dobrando ao redor de si mesmo</u>, assim tornando a gravidade ao redor dele tão intensa que, neste caso, temos a maior distorção de tempo no Universo.

Por mais que as teorias de Einstein sejam as mais completas e bem aceitas, elas deixaram algumas questões em aberto. Primeiramente, a relatividade geral não consegue explicar a teoria do Big Bang nem o comportamento dos buracos negros. Em segundo lugar, a física quântica não oferece uma explicação satisfatória para a gravitação, pensei, revendo as anotações; foi então que comecei a me aprofundar nos últimos trabalhos do físico Stephen Hawking.

⬜ Em 1980 , o cientista britânico Stephen Hawking, junto com o físico americano James Hartle, elaborou uma nova ideia sobre a origem do universo.

A proposta de Hartle e de Hawking usava uma base chamada <u>mecânica quântica</u> para explicar como o universo teria surgido a partir do nada. À medida que os cientistas desenvolveram a ideia, chegaram a <u>hipótese de que o Big Bang não teria criado apenas um universo, mas vários.</u> Alguns deles, segundo a teoria, seriam bem parecidos com o nosso, <u>talvez com planetas idênticos à nossa Terra, e até sociedades e indivíduos como os existentes em nosso universo.</u> O número de universos paralelos pode ser tão grande que <u>até podem existir pessoas que sejam idênticas a nós em aparência.</u>

— Então, se Hawking estiver certo, eu posso existir em outra realidade? — Pensei em voz alta.

Quanto mais eu me aprofundava nessas teorias, mais eu ficava fascinado e tinha convicção de que estudar os multiversos seria o meu objeto de estudo.

Depois de olhar o relógio e ver que eram cinco e meia me levantei da cama, guardei os livros e o notebook, apaguei as luzes e fui me deitar.

Os minutos foram se passando e a minha mente ia me consumindo por completo. Enquanto eu debatia com a minha própria consciência decidi que não iria ter medo de demonstrar sentimentos; infelizmente, eu percebi isso talvez quase tarde demais; — que temos que dizer tudo o que sentimentos; devemos amar mais as pessoas ao nosso redor, e excluir de nossas vidas aquelas que não acrescentam em nada, que só sugam as nossas energias. Se eu pudesse dar um conselho a mim mesmo um tempo atrás, diria para nunca deixar escaparem aquelas pessoas que são capazes de mudar nosso dia apenas com uma palavra ou com um olhar, que nos fazem pessoas melhores; diria para aproveitar mais os momentos com meus pais e valorizar as pequenas coisas.

Eram quase seis da manhã quando olhei o despertador e finalmente peguei no sono.

— Pietro, acorda.

— Calma, tia, ainda são seis e meia. — Respondi, com uma voz sonolenta.

— Você tem que ajudar o Seu João na padaria hoje, então trate de levantar logo.

Depois de uns dez minutos, eu me levantei e me alonguei. Em seguida, fui ao banheiro, escovei os dentes, tomei um banho e desci para tomar café. Minha tia saiu antes de eu descer, então não a vi e tomei café mais rápido. Saí de casa perto das sete e quarenta e fui de bicicleta para o trabalho.

— Bom dia, Seu João. — Apesar de ser um sábado de manhã, eu estava animado.

Assim que o cumprimentei, alguém saiu da despensa dos fundos. Fernanda era a neta do Seu João. Além disso, ela era minha ex-namorada. Ficamos juntos por três anos, mas eu sempre fui um cara complicado, tinha muitos problemas comigo mesmo e ela consigo mesma; nunca nos doamos por completo um ao outro.

No começo eu era completamente apaixonado por ela. Eu acreditava amá-la de verdade; mas se tem uma coisa que eu aprendi é que o amor nos torna pessoas melhores e não ao contrário. Os nossos problemas nos consumiam, nos faziam reféns um do outro; acreditávamos que um poderia fazer o outro ficar bem, mas na verdade era o contrário, nos deixava pior. Depois de três anos, eu resolvi terminar, não aguentava mais aquela situação. Foi difícil, porque ela era uma das pessoas mais próximas que eu tinha e eu simplesmente não me via sem ela; eu ainda não conseguia perceber que aquilo não era mais amor; havia se tornado dependência emocional. Eu não me arrependia de nada na nossa história, muito menos do nosso término; foi o melhor para nós dois.

— Pietro! — Ela me abraçou, sorridente.

— Oi, Fe. Faz tempo que você não vem ver o seu avô. O que te traz aqui? — Perguntei, educadamente, tentando não demonstrar meu constrangimento.

— Eu precisava te ver; precisamos muito conversar. — Ela soou triste. — Eu já falei com meu vô e ele deu alguns minutos para nós.

— Tudo bem. Vamos até a praça, então.

Apesar de tudo, eu ainda sentia algo por ela; um carinho imenso. Mas, toda vez que eu a via, não me sentia bem, me sentia estranho; então, comecei a me afastar aos poucos. Olhei para ela de esguelha e notei que ela parecia bem triste; imaginei que pudesse ser uma de suas crises de ansiedade, voltando mais uma vez; crises com as quais ela não sabia lidar muito bem.

Chegamos na praça e nos sentamos no banco mais próximo. Ela olhou para mim e tentou segurar minha mão, mas, como por instinto, eu a tirei antes que ela pudesse encostar.

— Pronto, agora você pode começar a dizer o que...

O despertador tocou e abri meus olhos, assustado. Não suportava acordar com algo fazendo barulho tão alto, e isso já me deixou de mau humor.

Droga, eu não entendo esses malditos sonhos, são tão reais e tão estranhos ao mesmo tempo.

Minha mãe bateu na porta de repente e disse:

— Pietro, já são quase onze da manhã, acorda. Tem uma surpresa para você lá embaixo e eu sugiro que pelo menos escove os dentes.

Enrolei um pouco na cama, tentando acordar por completo, escovei os dentes, lavei o rosto, troquei de roupa e desci.

— Finalmente o "Belo Adormecido" acordou. — Era a Luiza.

— Fernan ... — pigarreei, tentando disfarçar o pequeno erro, e depois continuei: — Luiza, sentiu tanto a minha falta que veio até a minha casa?

— Eu vim pessoalmente te chamar para ir comigo a uma festa, hoje à noite. Topa?

— Não sei, estou cheio de coisas pra fazer. — Durante os últimos dias, eu não estava afim de ir em festas ou em coisas parecidas.

Ela abaixou os ombros de forma desanimada e já ia começando a dizer algo, quando minha mãe falou:

— Filho, pode parar de bobeira. A Luiza é uma garota simpática, que se deu ao trabalho de vir do conforto da casa dela até aqui, e você vai dizer *"não"*? Realmente espero que não perca essa oportunidade. — Estávamos na sala e minha mãe na cozinha, mas ela conseguiu ficar parada na porta divisória observando a conversa sem que a gente notasse.

— Está vendo?! Obedeça à sua mãe. Nenhuma das minhas amigas vai conseguir ir e eu preciso de alguém para me fazer companhia. Além disso, você é uma das únicas pessoas que vale a pena ter por perto agora. Então, nós vamos ir sim, e você vai me pegar às oito.

Sem que eu pudesse responder, ela me deu um beijo no rosto e foi embora. *Não parece tão ruim,* pensei, olhando ela sair.

Olhei para a minha mãe; ela piscou para mim, deu um sorriso e voltou para a cozinha.

— Precisa de ajuda com alguma coisa aí, mãe?

— Se quiser vir me ajudar a confeitar um bolo que fiz para comermos depois do jantar... você come quando chegar da festa.

As horas foram se passando e eu subi para me arrumar. Coloquei uma calça preta, uma camisa azul de botões e um dos meus tênis cor violeta. Terminei de me arrumar e desci para me despedir dos meu pais.

— Estou indo, pessoal. — Falei, pegando a chave no porta-chaveiros que tínhamos ao lado da geladeira.

— Toma cuidado. Se passar mal, não hesite em nos ligar. — Meu pai falou, enquanto fazia um caça-palavras.

— Cuida bem da Luiza; eu gostei muito dela. — Minha mãe fez silêncio por um segundo e depois indagou: — Vocês combinam. Você sente algo por ela?

Passei a mão na nuca, de forma desconcertada.

— Ela acabou de terminar um relacionamento conturbado. Não sei se ela me daria alguma chance de mostrar que eu tenho interesse.

— Quando eu conquistei sua mãe, ela namorava um cara. Eu achava que não teria a menor chance, mas nem por isso eu desisti. — Meu pai olhou para a minha mãe e sorriu. — Fala com ela todos os dias e, sempre que eu podia, fazia questão de mostrar a ela o quanto é única e especial.

— Seu pai sempre foi um galanteador, sabia?! — Minha mãe respondeu, com um ar de apaixonada, sentando no colo dele e abraçando seu pescoço.

Mesmo depois de tantos anos, eles ainda se olhavam como se fosse a primeira vez.

— Ok, eu já estava enjoado, mas depois desse "galanteador", realmente vou embora. Ah, pai, pode deixar que eu irei mostrar a ela que eu posso fazer tudo isso, já que vocês insistem. — Comecei a me virar para sair da cozinha, enquanto dizia: — Muito bem, podem aproveitar para se amar sem que eu precise ver vocês dois babando. Beijos. – Minha mãe jogou o pano de prato que tinha em mãos, em mim, e eu corri até a porta, dando risada.

Peguei o carro e andei alguns quarteirões até chegar à casa da Luiza. Para a minha surpresa, ela já estava me esperando na porta.

Quando parei o carro e pude ver ela mais de perto, novamente senti o tempo parando. Ela estava linda. Usava um vestido preto, com detalhes em renda, que se abria dos dois lados, mostrando as suas pernas enquanto andava; uma jaqueta jeans apoiada no braço, porque estava frio; e, como era típico dela, um tênis amarelo, de cano alto, que não ficaria bem em qualquer outra pessoa, considerando o vestido, mas ela estava sensacional. O cabelo estava solto e uma mecha estava presa atrás da orelha, com uma pequena trancinha à mostra. Ela quase não usava maquiagem, mas, naquela noite, notei que estava usando um pouco de rímel, de um jeito que destacava a cor dos seus olhos. Também notei que ela estava usando uma correntinha no pescoço, com um pingente de abelha. Fiquei um tempo a olhando, boquiaberto.

— Você não vai me convidar para entrar no carro, não?! — Ela usou aquele tom provocador que sempre usava quando queria insinuar que eu estava fazendo algo errado, mas não de forma séria.

— Desculpa, eu estava admirando a sua beleza. Eu diria que sou capaz de me apaixonar por você a cada vez que te olho. — Assim que notei o que tinha saído da minha boca, me senti um idiota, mas ela olhou em meus olhos e apenas sorriu, entrando no carro.

Confesso que fiquei bravo comigo mesmo por ter dito aquilo, ainda mais por ela ter esboçado uma reação tão mínima, mas fingi que estava tudo sob controle.

Eu sempre tive a mania de dirigir apenas com a mão esquerda e deixar a direita apoiada na coxa, e houve um momento em que a Luiza colocou sua mão sobre a minha e disse, olhando pela janela:

— Se eu te falasse que não sinto nada pelo meu ex ainda, eu estaria mentindo. Às vezes ele me manda mensagem e se diz arrependido...

Eu simplesmente respirei fundo e respondi, calmamente:

— Sabe, você merece muito mais do que aquele babaca. Você merece alguém que faça você se sentir única no universo; que saiba dar valor à garota incrível que você é.

— Eu tenho tanto medo, Pietro. Ele mexe comigo ainda. É tão difícil o ver e sentir medo e carinho ao mesmo tempo. Eu realmente não consigo entender. — Ela me olhou de relance e continuou: – Eu sempre fui tão independente; principalmente antes de o meu pai morrer. É esquisito me sentir presa desse jeito a alguém.

– Acredite em mim, Luiza, você não está presa a ele. Você pode pensar isso porque estava acostumada a ter ele sempre por perto, te dando um amor tão pequeno que você se acostumou a achar que isso é normal, mas não é. Você pode sair disso quando quiser.

Ela fixou os olhos em mim enquanto eu dirigia.

— Não é assim tão fácil, mas... me desculpe por falar isso tão de repente; eu senti que você merecia saber como me sinto.

— Você é mais forte do que imagina e não tem que me pedir desculpa por nada. Essa é a sua história, você precisa valorizar mais os seus sentimentos e cuidar de si mesma.

Ela respirou fundo.

— Eu sinto tanto a falta do meu pai.

Assim que ela disse isso, a gente chegou à casa onde estava rolando a festa, mas não descemos do carro. Olhei para ela e falei, com calma:

— Se quiser conversar sobre o seu pai, eu estou aqui para te ouvir. — Segurei sua mão com mais firmeza e me virei no banco, de forma que pudesse olhá-la diretamente.

— Ele morreu no ano retrasado, quando eu estava prestes a completar dezoito anos. — Ela parou de falar por alguns minutos, mexendo no pingente da correntinha, e ficamos em absoluto silêncio, a não ser pela música distante da festa. – Já fazia dois anos que ele estava lutando contra um agressivo tipo de câncer no cérebro, chamado *Glioblastoma Multiforme*, ou *GBM*... – Os olhos dela se encheram de lágrimas.

— Não precisa continuar se não quiser, Luz.

—Não... eu quero. Eu sabia que ele não iria melhorar, sentia ele indo embora a cada dia. Nós éramos tão próximos... ele sabia de tudo o que acontecia comigo, e eu não me imaginava sem ele. Minha mãe trabalhava demais e era sempre ele quem me contava histórias antes de dormir, até os meus quinze anos. — As lágrimas começaram a escorrer e ela as limpava com uma certa raiva. — Eu não consigo entender por que ele teve que ir embora. Ele era a minha pessoa favorita no mundo e sempre me ensinava o valor que eu tinha. Isso não é justo... não é.

Puxei-a para perto de mim e a abracei sem dizer uma única palavra. Ela chorou, chorou e chorou cada vez mais, soluçando em meus braços.

Depois de um tempo ela conseguiu parar de chorar e eu a ajudei a limpar o rímel que tinha borrado. Dei um pequeno beijo na testa dela.

— Essa dor provavelmente não vai passar, Luz, mas você vai se acostumar e com o tempo vai ser mais fácil lidar com ela. Às vezes a gente não entende o porquê das coisas, mas talvez seja melhor assim. Vai ficar tudo bem. — Reparei que ela não tirou a mão do pingente em momento algum. — Foi o seu pai quem te deu essa corrente?

— Sim. No meu aniversário de seis anos. Eu sonhava em fazer apicultura. — Ela sorriu enquanto falava. — Fazia muito tempo que eu não a via, mas encontrei hoje em uma caixinha no fundo do meu guarda-roupas.

— É linda. Combina com você.

Á partir daquele dia, ela não tirou mais a pequena corrente.

Saímos do carro e a festa já estava rolando solta quando chegamos. Ela cumprimentou alguns amigos e me apresentou a eles como sendo um colega de faculdade. Fomos pegar uma bebida e começou a tocar "Wake Up In The Sky".

— Ah, não. – Comecei a rir de empolgação. — Temos que ir dançar essa, vem. — Puxei a Luiza pelos braços, dançando antes mesmo de chegar perto da caixa de som.

— Você não disse que seus amigos não iriam vir?

— Eu disse "minhas *amigas"*, e se não fosse isso, como eu iria te convencer? — Ela respondeu, rindo, enquanto dançávamos.

A Luz olhou para o lado enquanto dançava comigo e parou, de repente, com uma expressão chateada e desconfortável. Olhei na mesma direção e vi seu ex entrando na sala.

— Meu Deus, eu tinha certeza que o Michael não iria vir. O Josh me prometeu. —— Ele estava nitidamente alterado e vindo em nossa direção.

— Quem é Josh?

Mas antes de ela responder, o Michael chegou até nós.

— Quer dizer que o bobo da corte vem em festas de gente importante, é isso mesmo?! — De forma ainda mais alterada, ele acrescentou — Luiza, você é uma vadia mesmo. Eu não esperava menos de você. Me trocar por um negrinho qualquer.

Ele me olhou com desprezo.

— Eu acho bom você retirar tudo o que disse, senão...

— Senão o quê? — Ele chegou tão perto que pude sentir o cheiro de bebida que exalava da sua boca.

Sem pensar duas vezes, dei um soco no rosto dele. Ele caiu no chão e eu fui para cima, primeiro dando um chute em seu estômago, antes de começar a dar mais socos. Eu não conseguia pensar em mais nada até sentir as mãos dos amigos dele me tirando de cima do idiota. Minhas mãos doíam e estavam cheias de sangue. Tinha um corte enorme em sua bochecha e o seu nariz estava quebrado.

— Você é exatamente o covarde que eu imaginava. — Disse ele, se levantando e cuspindo sangue no chão. — Você não é ninguém para encostar as mãos em mim. Eu tenho nojo de você e de tudo o que representa, seu negro de merda. — Ele me deu um soco no rosto e dois no estômago, enquanto os outros dois seguravam meus braços.

— É você quem precisa que me segurem e eu que sou o covarde?! — Falei, cuspindo sangue em seu rosto, enquanto me debatia, tentando me soltar.

Ele mandou que os dois amigos me soltassem e veio para cima, sozinho. Essa era a oportunidade que eu tanto queria. Ele deu um chute na minha perna, de forma que me desequilibrei, caindo com um joelho no chão. Em seguida, ele deu uma joelhada no meu queixo, de forma que mordi o lábio, com muita força, e minha boca sangrou ainda mais. Assim que ele tentou acertar um soco em meu rosto, segurei seu punho e o torci. Ele começou a gritar. Eu me levantei e o arrastei até uma mesa de madeira, abrindo caminho aos gritos, no meio da multidão de pessoas que havia se reunido. Joguei o corpo dele contra o móvel, batendo seu rosto contra a superfície, diversas vezes, de forma que sua testa começou a sangrar. Torci seu outro braço e falei, perto do ouvido dele, com a boca ensanguentada:

— Eu nunca mais quero te ver perto da Luz, ou de mim, entendeu? Isso aqui não foi nada comparado ao que eu realmente gostaria de fazer contigo, pois é muito pouco perto do que racistas como você merecem.

Ao fundo, só conseguia escutar os gritos da Luiza. Alguns caras se aproximaram e me tiraram de cima dele.

O Michael saiu mancando e espalhando sangue no chão, enquanto seus dois amigos o ajudavam a sair da casa. As pessoas estavam reunidas, em volta, com seus celulares, filmando toda a cena. A Luz se aproximou.

— Você está bem? — Ela olhou ao redor e gritou para que parassem com as filmagens; depois, voltou a olhar para mim. —Vamos embora daqui.

— Eu estou bem, Luz. Foram necessários dois deles para conseguir me segurar. — Falei, sorrindo, com uma expressão de dor, porque sorrir naquele momento doía demais.

— Cala a boca, Pietro, você está todo machucado.

Enquanto tentava convencê-la de que eu não estava tão ruim quanto parecia, senti outro par de mãos me dando apoio. Olhei para o lado e vi um cara da minha altura, com cabelos castanhos enrolados.

— Quem é você? É estranho um cara começar a colocar as mãos em mim sem antes nem pagar uma bebida. — A Luiza riu e o cara também.

— Ei, cara, foi mal. Eu sou o Josh. O dono da festa.

— Prazer, eu sou o Pietro; aparentemente a atração não remunerada da sua festa. — Dei um sorriso cheio de graça para ele, que o fez rir.

A Luiza olhou para ele com uma expressão de pura irritação e começou a falar:

— É, Pietro, esse é o Joshua Williams, o dono da festa e meu melhor amigo, que por acaso esqueceu de mencionar que o idiota do primo, que é meu ex-namorado estúpido, iria aparecer. — Ela o empurrou, para que tirasse as mãos de mim.

— Nossa, Luiza, calma. Não precisa partir para a agressão desse jeito. — Josh respondeu, cambaleando para trás.

— De saco de pancadas aqui já basta eu. — Falei, tentando quebrar o gelo.

— Quieto, Pietro. E você, Joshua, não me diga o que eu preciso ou não fazer. Você *prometeu*.

Começamos a sair, enquanto ela tirava as pessoas do caminho, me apoiando com a ajuda do amigo, que eu tinha acabado de conhecer.

— Qual é, Lu?! Você sabe que eu não iria fazer isso de propósito. Eu não sabia que ele iria vir. Realmente não sei como ele ficou sabendo da festa. — Chegamos perto do carro e ele a segurou gentilmente pelo braço, para que ela pudesse olhar para ele. — Me desculpa, por favor.

— Tudo bem. Está desculpado. — Ela disse isso depois de ficar alguns bons minutos apenas olhando para ele, fazendo um suspense que só ela seria capaz de fazer.

Depois de conversarem mais alguns minutos e após o Joshua me pedir desculpas pelo ocorrido mais vezes do que eu era capaz de contar, finalmente eu e a Luiza ficamos sozinhos. Ela me olhou com os olhos cheios de culpa.

— Me desculpa por isso. Me deixa dirigir; vou te levar até a sua casa e minha mãe me busca lá.

— Não precisa me pedir desculpas. Você não sabia que ele iria aparecer. Além disso, foi ótima a sensação de quebrar o nariz daquele racista de merda. A noite não acabou ainda, apenas está começando. Vamos sair pela cidade, não quero me despedir agora. — Olhei para ela de forma brincalhona e, com um meio sorriso, falei: — Você sabe dirigir mesmo, não é, madame?!

— É claro que eu sei, idiota. — Ela me deu um tapa de leve nas costas. — Mas, antes, vamos passar em uma farmácia para que eu possa fazer uns curativos no seu rosto. Você está horrível. Mas não está pior do que aquele idiota. O Michael mereceu cada soco que você deu nele. Não achei que o ver apanhando seria tão satisfatório.

— Você ficou um pouco assustadora falando isso com um sorriso tão grande.

Ela me olhou, dando risada, e me deu um abraço.

Compramos o necessário e, ainda no estacionamento da farmácia, a Luz começou a fazer os curativos em mim. Quando terminou, ela me olhou fixamente por uns cinco segundos inteiros e, quando comecei a achar que tinha algo errado, ela sorriu, se inclinou na minha direção e me beijou. Um beijo doce e sincero.

Depois de um tempo, se afastou alguns centímetros e, sorrindo, com a boca ainda um pouco encostada na minha, ela disse:

— Você se apaixonaria *mesmo* por mim?

— Se você me olhasse dessa forma por cinquenta anos, eu me apaixonaria por você todos os dias por cinquenta anos. — Então, ela me beijou novamente, e eu poderia facilmente ficar ali para sempre.

Capítulo 8

Se passou um mês depois daquela noite. Eu e Luiza estávamos na sorveteria perto da Universidade, fazendo nossas pesquisas sobre quais áreas pretendíamos estudar com mais foco. Ela escolheu estudar sobre o cérebro dos golfinhos e sobre como são extremamente inteligentes. Eu escolhi estudar a teoria dos multiversos. Ela estava me explicando mais sobre esse *"animal marinho extraordinário"*; palavras dela.

— E por que ele é tão extraordinário assim?

— Pietro, você realmente nunca ouviu falar sobre a habilidade dos golfinhos de "*desligarem*" metade do cérebro na hora de dormir e deixarem a outra metade "*ligada*" para estarem alertas caso predadores se aproximem? — Ela estava totalmente perplexa com isso. — Eles são capazes de viver em todos oceanos, com exceção apenas das águas frias dos Polos e, além disso, apesar de serem naturais dos mares, há doze espécies de golfinhos que vivem em rios. E, como se tudo isso não bastasse, também há o golfinho Ganges, que é completamente cego devido à água do rio onde vive ser totalmente poluída e lamacenta.

— Uau, isso é extremamente interessante...

— Eu ainda não terminei. Não me interrompa. — Levantando uma sobrancelha, ela continuou: – Eles também são extremamente sociáveis, tanto com sua própria espécie, quanto com outros animais e até mesmo com humanos, o que pode ser um erro, já que o ser humano estraga tudo o que toca, mas eles são bons demais para pensar nisso.

– Então não devem ser assim tão inteligentes, né?! – Ela pegou uma jujuba do sorvete e acertou em cheio na minha testa.

— Se tem amor à sua vida, nunca mais repita isso.

Me inclinei até ela e dei um pequeno beijo em seus lábios, depois me sentei novamente.

— Como eu não te vi em momento algum do ano passado na nossa faculdade? — Apoiei as costas no encosto do banco e dei uma colherada no sorvete, com a testa franzida — Eu tenho me perguntado isso desde que te vi pela primeira vez.

— Bem, você sabe que eu estou no terceiro ano de faculdade, né?! O que já torna difícil os períodos se cruzarem. E ano passado eu estava em período noturno, mudei para diurno só este ano.

Olhei para ela, boquiaberto.

— Eu nem mesmo me toquei que você estava no terceiro ano. Agora tudo faz sentido, já que você tem vinte anos e eu dezoito... estou me sentindo muito burro.

— Ah, meu bem, você precisa prestar mais atenção quando eu falo sobre a minha vida, não acha?!

Nesse momento, começou a tocar "If I Knew" na jukebox ao lado da janela, perto de nós. Abri um sorriso.

— Eu amo essa música. — Falei, ainda sorrindo.

— Não brinca?! Essa é a minha música favorita no mundo inteiro. — Ela se levantou, me pegou pela mão e começou a cantar enquanto me girava.

— Não é você que não suporta quando as pessoas ficam te olhando? Nesse momento nós somos o centro das atenções. — Falei, dando risada enquanto a deixava me girar.

— Quando essa música toca, nada mais importa.

– Essa será a nossa música! – Declarei, enquanto sorria para ela.

Quando a música terminou, acabamos de comer e guardamos nossas coisas. Saímos da sorveteria e demos de cara com meus dois melhores amigos de infância e da época do colégio. Jimmy era um cara alto, com olhos castanhos e uma postura que sempre deixava claro que era meio metido. Dylan também era um cara alto, apesar de sempre ter sido o menor do trio: negro, olhos castanhos e um cabelo afro que chamava atenção por todo lugar onde passava, inspirando confiança.

Eu os vi primeiro e comecei a me aproximar, com a Luiza me seguindo, falando que talvez nunca mais voltasse na sorveteria, porque agora a vergonha havia começado a surgir. Quando cheguei perto o suficiente para conseguir ouvir a conversa deles, os dois me notaram.

— Pietro!!! Caramba, cara, quanto tempo que a gente não se vê. — Jimmy veio até mim e me cumprimentou com um high five e um abraço rápido. Depois se virou para a Luiza e a cumprimentou também. — Prazer, James Calahan.

— Oi, sou a Luiza Parker. Amiga do Pietro.

Dylan empurrou o Jimmy para o lado e me apertou em um abraço demorado. Nós éramos os mais próximos dos três. Quando a mãe dele morreu, fui eu que fiquei três dias e três noites inteiras tentando fazer ele parar de chorar. Nós tínhamos apenas oito anos na época.

— Eae, Dylan. – Eu disse, enquanto ele me soltava. — Por onde você tem andado?

— Falou o cara que, sempre que a gente tenta combinar de sair, tem algo melhor para fazer, né?! — Ele tentou soar brincalhão, mas eu sabia que no fundo estava magoado. – Além disso, eu te mandei mensagem avisando que a gente estava vindo passar uns dias aqui, mas você nem se deu ao trabalho de olhar.

— Foi mal, mano, eu mudei de número e meio que esqueci de te avisar. — Passei a mão na nuca e dei um meio sorriso para ele. — Além disso, você mora em outro país, então me dá um desconto.

Ele me deu um soco no braço e se virou para a Luiza.

— Muito prazer, eu sou Dylan O'Brien. Mas você deve saber disso, já que eu sou o melhor amigo do Pietro e ele com certeza falou sobre mim. — Ser convencido era uma das habilidades do Dylan.

— Bem, na verdade é a primeira vez que eu fico sabendo de vocês. — Ela deu risada e me olhou de forma acusadora. — Esse cara não é o melhor dos amigos.

— Agora vocês vão se juntar contra mim? — Os três começaram a rir.

Eu não via meus dois melhores amigos há quatro meses, desde a última vez que vieram para a nossa cidade. Os dois foram fazer faculdade na Irlanda, juntos, pois cursavam jornalismo na Universidade Nacional da Irlanda, Galway. Eu não queria fazer esse curso e acabei ficando na nossa cidade natal; além disso, algumas outras coisas meio constrangedoras haviam acontecido. Não foi culpa deles, mas eu fiquei um pouco ressentido, como se tudo fosse mudar para valer.

— O que vocês estão fazendo aqui?

— A gente veio para o aniversário da minha mãe. — Jimmy respondeu. – Quer dizer, eu vim, mas o Dylan se intrometeu. Você sabe como ele pode ser intrometido, não sabe?!

– Ei, eu nunca perco uma festa; mesmo uma onde só vai ter mulheres de quarenta anos para cima.

Ficamos conversando por mais quarenta minutos antes de a Sra. Calahan mandar mensagem para o Jimmy perguntando onde ele estava com o sorvete de morango que havia ido comprar. Um pouco antes de irem embora Dylan me olhou e disse:

— Sabe, eu estava mesmo pensando em te ligar, e agora você precisa me passar seu número novo. Quer ir à festa? Vai ser legal. Os três mosqueteiros juntos novamente.

— Três mosqueteiros? — A Luiza perguntou, num tom sarrista.

— Minha mãe nos apelidou assim quando tínhamos seis anos. A gente nunca se desgrudava. Foi assim até o último ano do médio.

A mãe do Dylan sempre nos chamava assim e a gente odiava, mas depois que ela morreu começamos a usar o nome apenas entre nós três.

— Até vocês ficarem metidos e irem para a Irlanda. — Brinquei.

Depois de mais cinco minutos numa competição de quem tinha deixado quem, entramos num acordo de que eu e a Luiza iríamos sem falta à festa da Sra. Calahan.

Eu e a Luz fomos para o carro e pensamos em dar uma passada no campus para entregar uns arquivos que faltavam de um dos trabalho dela. Quando estávamos quase chegando ao portão de entrada, o guardinha que estava de tocaia na primeira noite em que nos beijamos nos viu e começou a vir em nossa direção.

— Meu Deus, Luiza, é o guarda daquela noite. A gente tá ferrado. — Comecei a dar risada de nervoso e ela puxou meu braço, para que eu parasse de rir, assim que ele chegou perto.

— Boa tarde, seu guarda. Tudo bem? — Ela sorriu de forma amável.

— Boa tarde, senhorita. — Ele a cumprimentou puxando o chapéu de guarda para baixo por um segundo e depois o colocando no lugar. — Eu vi vocês dois por aqui uma noite dessas, não vi?

Eu não sabia o que dizer; as palavras simplesmente fugiram de mim, então a Luiza mais uma vez assumiu o controle.

— Bom, nós estudamos aqui, então é comum sairmos perto da hora de os portões fecharem, quando já está escuro. Por que a pergunta? Fizemos algo de errado?

Ele pareceu ficar meio confuso e apenas respondeu que não, saindo e voltando para o seu posto, ao lado do relógio. Assim que ele se afastou o suficiente começamos a dar risada e apressamos o passo para ele não desconfiar de mais nada.

— Você realmente não existe, Luiza. Que sorte a minha. — Passei o braço ao redor do ombro dela.

Ela ficou mais quieta de repente e se afastou um pouco. Às vezes quando eu falava algo sobre nós dois, como um casal, ela ficava em silêncio. Desde a última vez que nos beijamos não tocamos mais no assunto. Nem sequer cogitamos a ideia de falar sobre o assunto e de dizer o que nós éramos ou não um do outro. Eu não me incomodava com isso… não muito. De repente, meu celular vibrou.

Filho, você já conversou com a diretoria da Universidade?

 Ainda não, mas vou conversar. Estou aqui agora e já vou aproveitar.

— Está tudo bem? Você ficou tão sério de repente.

— Aconteceu tanta coisa que eu acabei esquecendo de te contar. Minha avó morreu no mês passado. Fez um mês ontem, para falar a verdade, e minha mãe está querendo ir visitar meu avô; aproveitar que meu pai vai sair de férias e ir lá passar uma semana com ele.

— Eu sinto muito, Pietro; sinto muito mesmo. — Ela segurou minha mão e me olhou com carinho. — Quer que eu vá com você na direção? Sei que, quando é assim, tem que conversar com eles. Quando meu pai morreu eu também precisei de um tempo para esclarecer as coisas.

— Não precisa, Luz. — Sorri para ela. — Vai entregar seus documentos e pode deixar que eu cuido de mim. A gente se fala mais tarde. Eu te mando uma mensagem.

Dei um beijo na testa dela e saí andando. Percebi que ela ainda ficou alguns minutos me olhando enquanto eu andava e isso me fez sentir segurança. Era muito estranho pensar nos sinais que ela me dava de sentir o mesmo que eu, ao mesmo tempo em que sempre mantinha uma certa distância. Eu ficava confuso.

Cheguei à secretaria e um dos coordenadores me disse para ficar aguardando na sala de espera, porque a diretora estava com um aluno na sala dela. Enquanto isso, peguei uma revista para passar o tempo e aproveitei para mandar mensagem para a minha mãe.

Já estou aqui na direção. Esperando a Wanda me receber.

Ela respondeu com um emoji de polegar para cima.

Depois de um tempo. eu fui chamado. Fiquei uns trinta minutos lá e, quando saí da sala da diretora, fui direto para o banheiro. Falar sobre a morte da minha avó com uma pessoa que não era íntima me fez conseguir expressar minha tristeza mais facilmente e eu não conseguia mais parar de chorar. Fiquei em frente ao espelho, olhando as lágrimas caírem por um tempo. Liguei a torneira e comecei a lavar meu rosto, tentando diminuir o inchaço.

Depois de um tempo, respirei fundo e resolvi que era hora de sair e ir logo para casa. Assim que passei pela porta do banheiro acabei esbarrando em alguém.

—Ai, meu Deus, desculpa. Eu não estava prestando atenção. — Falei, enquanto me abaixava para pegar meu celular que havia caído.

— Tudo bem, eu também não estava prestando muita atenção. — Foi uma voz delicada que me respondeu, e eu a conhecia.

Levantei o rosto e fiquei paralisado por alguns segundos, antes de dizer:

— Lilly? Uau. O que você está fa-fazendo aqui? — Perguntei, gaguejando um pouco, porque não esperava vê-la tão cedo de volta.

— Ooi. – Ela estava sorrindo, radiante. — Não precisa fazer essa cara como se estivesse vendo um fantasma, tá bom? Eu não sou assim tão esquisita.

— Desculpa, eu não quis dizer isso. — Passei a mão na nuca.

— Eu vim visitar o meu tio, Andrew; acho que você se lembra dele, não é?! A esposa dele acabou de ter neném e eu sou a madrinha.

— O Andy teve um filho? Nossa, as coisas realmente mudam, né?! — Andrew era o tio mais novo da Lilly; ele era apenas uns sete anos mais velho que a gente, então cresceu um pouco próximo de nós também. — E você? Como vai sua vida?

— Eu estou indo muito bem, para falar a verdade. Desde que me mudei, as coisas estão se encaixando perfeitamente. Eu tranquei a faculdade e me dediquei ao meu sonho de ter um restaurante. O meu negócio está crescendo aos poucos e eu estou extremamente feliz. — Ela estava muito feliz e era nítido o modo como estava sendo sincera quanto a isso. Confesso que me machucou um pouco e me senti egoísta demais por esse sentimento. — E você?

Eu descobri que tenho uma gotinha maligna na cabeça e a qualquer momento meu cérebro pode explodir. Minha avó morreu faz um mês e desde que isso aconteceu minha mãe tem saído cada vez menos de casa. Meu pai tenta ajudar, mas vive trabalhando. A garota que eu gosto simplesmente age como se nenhum dos nossos momentos tivesse realmente acontecido e eu não entendo o porquê. Agora uma das meninas que eu mais amei aparece de repente. Enfim, minha faculdade é a única coisa que está funcionando, mas, no geral, está tudo bem, pensei, mas simplesmente respondi:

— Não poderia estar melhor. — Abri um sorriso que pudesse ser convincente. — Estou cursando Astrofísica; comecei o segundo ano da faculdade faz um mês e é simplesmente uma das coisas mais incríveis que já me aconteceu.

— Eu lembro que o seu sonho sempre foi esse. Fico feliz por você, de verdade.

— Eu também estou extremamente feliz por você estar seguindo os seus sonhos, Lilly. Você ainda vai conquistar o mundo, garota.

Ela me deu um abraço apertado e disse que precisava ir, já que mais tarde iria à festa da Sra. Calahan, de forma que precisava aproveitar cada minuto com sua afilhada, senão o

Andy iria matá-la. Depois disso, comecei a repensar se eu conseguiria ir à festa também.

Lilly se mudou para Michigan quando eu tinha catorze anos e ela quinze. Antes de ela chegar, éramos só eu, Dylan e Jimmy, mas depois nos tornamos um quarteto. Ela era a mente criminosa por trás de tudo o que a gente aprontava, mas nunca era castigada, porque ninguém jamais iria imaginar que uma garota delicada como ela poderia se envolver com o nosso grupinho. A garota era um gênio. Uma menina alta, de pele muito branca e os cabelos e olhos de um tom negro muito escuro. Ela sempre foi muito bonita, de um jeito peculiar.

Nós namoramos durante os dois primeiros anos do ensino médio, mas ela terminou comigo dizendo estar confusa sobre seus sentimentos. Dois meses depois ela veio até mim para conversar, dizendo estar sentindo algo pelo Jimmy. A gente conversou e eu disse que não tinha problema. Bom, é claro que tinha muito problema, mas eu não iria impedir que eles ficassem juntos, então abri caminho. Foi nesse momento que eu decidi não ir mais com os caras para a Irlanda; eu não iria conseguir e precisava de um tempo sozinho. Às vezes parava para pensar em como essa decisão foi infantil, mas eu não me importava. Um ano antes a Lilly também havia se mudado para outra cidade, para começar um curso de Economia, e eu não sabia ao certo se eles estavam juntos ainda ou não, mas aparentemente sim.

Enquanto estava saindo mandei uma mensagem para a Luiza, perguntando se ela ainda estava no campus e se iria querer carona, mas ela não me respondeu e eu fui para casa. Quando cheguei minha mãe estava me ligando.

— Oi, mãe. Já estou entrando em casa.

— Ok. Quando entrar vem no meu quarto.

Assim que entrei fui à cozinha tomar água e comer alguma coisa. Depois, subi para o quarto dos meus pais e bati na porta.

— Pode entrar, meu amor. — Ouvi a voz da minha mãe. — Conversou com a diretora?

— Sim, mãe. Ela disse que tudo bem, contanto que eu preste atenção às datas de provas e, caso perca algo, corra atrás. — Eu ainda estava abatido por ter chorado tanto, e por ter visto a Lilly. — Falando nisso, eu vi a Lilly hoje, na faculdade.

— Eu também a vi, quando fui à farmácia hoje mais cedo. Me esqueci de te dizer. — Ela estava se arrumando para sair; tinha colocado aquele vestido azul de flores verde-claro que tanto gostava.

— Onde a senhora vai?

— Vou ao mercado comprar umas comidas para levar para a casa do seu avô amanhã. — Ela parou de colocar os brincos e olhou para mim. — Você tem médico hoje, às cinco. Vou usar o carro, então você vai ter que ir sozinho, de metrô.

— Tá bom, eu vou. As chaves estão na cozinha, em cima da mesa. — Me virei e comecei a sair.

— Você está bem, filho? De verdade? — Ela terminou de colocar o brinco e se sentou na cama.

Pensei em conversar sobre como estava me sentindo, mas ela já estava muito mal; por isso, eu apenas sorri e disse:

— Está tudo bem, mamãe. Só estou com muito sono. Vou dormir antes de ir ao médico. Toma cuidado no caminho até o mercado, aconteceu um acidente na avenida principal. — Andei até ela e dei um beijo em sua testa.

Fui para o quarto e, enquanto ia tomar um banho, ouvi minha mãe saindo com o carro. Deixei a água quente cair sobre meu corpo por um tempo e, depois, fui me deitar. Fiquei pensando durante alguns minutos e resolvi mandar uma mensagem para a Luiza; eu não estava muito bem e falar com ela, de alguma maneira, acabava me deixando melhor. Quando desbloqueei meu celular, vi que tinha uma mensagem da Lilly.

Ooi, Pequeno Feroz, como você está? Chegou bem em casa?

Peguei seu número com o Dylan e senti vontade de dar um alô. Espero que não seja um problema.

Pequeno Feroz era um apelido bobo que ela havia colocado em mim após eu começar a chamá-la de Pequena Feroz, para que eu pudesse ver como era chato; e funcionou. Meu coração acelerou quando li a mensagem pela barra de notificação e eu não sabia bem como responder. Demorei alguns minutos até abrir a conversa com ela.

Ooi Lillyzinha, eu estou muito bem e cheguei bem também. E você?

Não tem problema nenhum, de verdade, vai ser bom colocar o papo em dia.

Ah, você sabe que eu odeio esse apelido.

Você também sabe que eu não sou nenhuma Lillyzinha.

Ah, eu estou bem também. Estou aqui na casa do Jimmy; vim ajudar com as coisas da festa.

 Você vem, né? Ele me disse que te convidou

É, bem... acho que vou sim.

Ok. Nos vemos mais tarde, então.

Você pode me passar o número do Dylan? Ele pegou o meu, mas não me chamou ainda.

Claro.

Depois de terminar de falar com ela, mandei mensagem para o Dylan.

Eae cara, é o Pietro.

Por que você passou meu número para a Emilly?

Oi, mano. Puts, foi mal, eu nem me toquei na hora, só passei. O que ela te disse?

Ela está toda estranha; me chamando daquele apelido ridículo e querendo que eu vá para a festa a qualquer custo.

Se tu não quiser vir, a gente arranja uma desculpa para o Jimmy não ficar chateado.

Eu também não estou muito preocupado com o que ele vai sentir.

Você vai estar lá, né?

Estar aqui, na verdade. Estou dormindo na casa dele. Cê sabe que a minha madrasta não é muito minha fã, então não estou ficando em casa.

Você poderia ter ficado aqui.

Se você quiser, eu ainda posso ir passar alguns dias aí antes de ir embora, daqui duas semanas.

Pode ser. Preciso sair agora.

Tranquilo. Te amo, irmão.

Eu também te amo.

Dormi durante duas horas inteiras e acordei faltando trinta minutos para o despertador tocar. Minha cabeça estava doendo demais. Me levantei para ir até o banheiro pegar um remédio, mas, assim que coloquei os pés no chão, minha vista escureceu.

Eu estava sentado no banco de couro de um carro em um beco escuro. A noite era quente e abafada, então abri o vidro do carro.

— Qual é, maluco?! Tá abrindo a janela por quê? — Marcelo deu um tapa na minha cabeça e fechou a janela pelo lado do motorista.

— Para, mano. Tá muito quente aqui dentro e eu não consigo respirar. — Eu nunca revidava quando ele me batia, porque ele era muito mais alto e mais forte. — Eu disse para você que eu não queria vir, agora vai me matar sem ar também?

Ele deu risada e abriu um pouco a janela. Já estávamos naquele beco fazia mais de trinta minutos e nada acontecia. Minha ansiedade estava me corroendo.

O carro no qual estávamos era roubado. O primo do Marcelo mandou ele buscar em uma esquina perto de casa, mas não disse de quem roubou. Óbvio que o Marcelo só me contou isso na hora que entrei no carro, porque senão eu nunca aceitaria ir junto com ele.

Há algumas semanas, ele tinha aparecido na porta da escola, que ele havia parado de frequentar fazia alguns meses. Ele estava todo sorridente e disse que precisava falar comigo porque tinha arrumado um jeito de ganhar dinheiro fácil.

— Mano, é uma coisa fácil, de verdade. Cê tá ligado que eu não chamaria você para te meter em roubada.

— Me fala logo o que é.

— Cê tá ligado no meu trampo, né?! Com meu primo Marcos.

— O que tem?

Ele olhou ao redor, baixou a voz e se aproximou mais de mim, antes de dizer:

— Então, ele me chamou ontem na sala dele e disse que estava precisando de ajuda para entregar um pacote especial. Eu perguntei o que era, mas ele não quis me responder...

— Eu não vou te ajudar com nada que eu não saiba o que é, Marcelo. Você sabe que as coisas não estão fáceis para mim...

— Mano, cala a boca e deixa eu terminar. Sua história triste não vai me convencer hoje. — Dei um soco no peito dele, com força, mas não muita; ele apenas me olhou fixamente e continuou: — Parou de bancar o durão agora? Então, eu insisti mais um pouquinho e ele cedeu. Disse que a entrega é naquele beco na esquina de casa, da minha casa, e que é um pacote de cocaína para um cara com quem ele tem falado esses dias. Ele não pode entregar porque cê sabe que ele acabou de sair da prisão, e isso pode piorar as coisas para ele, então pediu para mim, já que ninguém vai desconfiar de um moleque. Mas eu não posso fazer isso sozinho, e você é a pessoa em quem eu mais confio.

Olhei para a cara dele, sem acreditar no que estava ouvindo, e fiquei tanto tempo em silêncio que ele precisou me cutucar para eu responder alguma coisa.

— Você está de brincadeira com a minha cara? — Fui levantando a voz à medida que falava com ele. — Puta merda,

Marcelo. E você ainda tá dizendo que não quer me meter em roubada? — Levantei de onde estávamos sentados.

Ele me puxou pelo braço de volta para a calçada, me mandando calar a boca.

— Pietro, para de gritar. Cala a boca. Você tá ficando louco? – Tentei me soltar, mas ele estava segurando firme. — Não tem por que você ficar assim, mano. É coisa fácil. Vamo pegar o carro do meu primo; ele vai deixar perto de casa, com o pacote dentro. Vamo até o beco entregar o pacote para o cara e sair fora. E ainda vamo ganhar trezentos conto fácil, só para isso. — Relaxei um pouco; estava precisando de dinheiro, e ele sabia — Senta aí e pensa um pouco. Se quiser que eu vá embora, eu vou, mas você tem que me responder em até duas horas. Qual é, cara?! Eu preciso de você.

Ele levantou, olhou para mim mais uma vez e saiu andando. Fiquei um tempo sentado, pensando no que ele havia acabado de dizer. Eu precisava daquela grana. Antes que virasse a próxima esquina, eu corri.

— Que horas eu tenho que me encontrar contigo?

Ele abriu um sorriso.

— É assim que se fala, cara. Me encontra na frente da Padaria dos Sonhos, às cinco e meia da tarde. — Ele me deu um abraço e continuou o caminho para o trabalho.

Assim que ele tirou a mão do botão que abria e fechava a janela, alguém apareceu do lado esquerdo do carro e bateu no vidro. Eu me assustei quando olhei para o lado e vi um rosto envolto num capuz.

— Abre a janela. — A voz era grossa e rígida.

Notei que o Marcelo estava nervoso, apesar de disfarçar muito bem. Ele respirou fundo e abriu a janela, colocando a mão na cintura, na arma que estava portando. Eu tinha uma também, mas ele disse que não estava carregada, que era apenas para assustar caso alguém viesse perguntar coisas desnecessárias. Mas, no momento que ele colocou a mão por baixo da camiseta, eu soube que ele tinha mentido para mim, de novo. Fiquei com muita raiva, mas não era hora para dizer nada.

Antes de o Marcelo abrir a janela eu fiz a pergunta que o primo dele disse que somente o cara que ia pegar o pacote saberia responder.

— Quem é sempre o último a saber?

Ele demorou um tempo e eu gelei. Depois de uma última encarada, ele respondeu:

— O Rei.

Marcelo abriu a janela e quando ia colocar o pacote para fora vimos uma luz de sirene na entrada do beco. O cara do lado de fora começou a gritar para todo mundo ir embora e começou à correr em direção a porta dos fundos de um prédio abandonado que ficava naquele beco.

— Marcelo, liga o carro e mete o pé, mano!!! — Eu estava desesperado e comecei a gritar com ele.

— Eu tô tentando!!! Acha que eu tô aqui forçando a merda dessa chave de enfeite, seu otário? — Ele realmente estava tentando, mas tremia muito; o carro não ligava. — Não acredito, Marcos, não acredito. — Ele começou a socar o volante.

Puxei os braços dele, de forma que pudesse olhar para mim, e gritei:

— Não é hora para isso!! Desce dessa merda e vamo correr.

Mas, no momento em que descemos, já estávamos cercados. Havia duas viaturas com dois policiais em cada uma. Eles desceram dos carros e dois vieram até nós, com as armas sacadas.

— Para o chão, agora!!! Vocês estão cercados!!! — O policial da direita gritou e disparou um tiro na perna do Marcelo, que tinha tentado correr. — Eu mandei ir para o chão!!! — O Marcelo já estava no chão, sangrando muito e gritando de dor.

Assim que o policial chegou perto de mim me deu uma coronhada na testa, mesmo sem eu ter reagido e estando com as mãos na cabeça, me fazendo cair. Depois disso, eu só comecei a sentir os chutes no estômago e os socos na cabeça, além de ouvir o Marcelo gritando de dor; eu provavelmente estava gritando muito também, mas não conseguia me ouvir. Senti um chute atingir meu nariz em cheio, o sangue quente escorria pelo meu rosto, senti meu rosto começar a arder; e, ali, com tanta dor, naquele chão frio e cheio de pedras que machucavam a pele, eu só pensava no meu pai e no quanto ele estaria decepcionado comigo se estivesse vivo.

Comecei a escutar pequenos ruídos, como os de uma máquina apitando. Abri meus olhos, devagar; estava difícil olhar ao redor por conta da luz em meu rosto, mas consegui ver uma grande janela, com cortinas beges. Estava escuro lá fora. Também havia uma máquina registrando batimentos cardíacos e agulhas de soro e remédio em meus braços. Tentei levantar a cabeça, mas não consegui; doía tudo em meu corpo. Ouvi alguém se aproximando.

— Apaga a luz, por favor. — Sussurrei, para seja lá quem fosse.

— Meu amor, meu Deus, a mamãe estava tão preocupada. — Minha mãe se aproximou e passou a mão no meu cabelo.

— Mãe, apaga a luz, por favor. — Ela foi até perto da porta e apagou a luz do quarto de hospital.

— Vou chamar a enfermeira e já volto. Eu te amo.

Fiquei mais alguns minutos consciente e, assim que ela retornou para o quarto, pude ver que eram três pessoas entrando, e não duas como eu esperava; achei que pudesse ser o meu pai, mas senti um perfume doce que reconheci ser da Luiza. Adormeci novamente enquanto a enfermeira se aproximava de mim.

Capítulo 9

Acordei no outro dia. O sol ainda estava fraco e vi minha mãe dormindo na poltrona marrom-claro ao lado da janela. Eu estava com sede e me levantei um pouco para conseguir pegar o copo de água que estava em cima de uma mesinha, perto da cama. Era muito difícil conseguir me mexer e por pouco não derrubei o soro que estava injetado no meu braço. Quando estava quase alcançando o copo, minha mãe acordou.

— Deixa que eu pego para você, filho. — Ela levantou, se espreguiçando, e pegou o copo para mim.

— Obrigado, mamãe. — Minha voz saiu fraca, um pouco baixa, refletindo exatamente como eu estava me sentindo.

Bebi a água num gole só, enquanto minha mãe me olhava, preocupada, e passava a mão no meu cabelo. Quando terminei, ela pegou o copo e ficou segurando-o.

— Como você está se sentindo? — Ela perguntou, passando a mão na minha testa, o que me causou uma pontada repentina de dor no local. Me encolhi e ela notou minha expressão de incômodo, afastando a mão. — Oh, desculpe, eu não queria te machucar.

— Eu estou todo dolorido. O que aconteceu comigo? — Fechei os olhos, porque a luz da manhã estava se tornando forte.

Minha mãe percebeu e foi até a janela fechar um pouco mais as cortinas, depois de colocar o copo de volta na mesinha.

— Você cortou a testa quando caiu, ontem. Bateu na beira da escrivaninha. Ontem eu te liguei enquanto estava no mercado, para saber se você já estava no hospital, mas você não atendeu. Fiquei preocupada de ter perdido o horário do médico e fui para casa. Quando cheguei no seu quarto, você estava caído, com a testa sangrando.

— Acho que eu perdi o sentido quando levantei para me trocar e ir para a consulta. — Abri os olhos e sorri para ela. — Pelo menos eu cheguei no hospital, de qualquer jeito.

Ela deu uma risadinha fraca e me olhou com carinho, mas, quando ia responder, alguém bateu na porta e eu ouvi a Luiza dizer:

— Até todo acabado você consegue manter o bom humor; precisa me ensinar a fazer isso. — Ela estava sorrindo, com dois copos de café expresso nas mãos. Luz andou até mim, deu um copo para a minha mãe e colocou o dela na mesa; logo em seguida se inclinou e encostou a testa de leve na minha, para não me machucar. — Um dia você ainda me mata de susto. — Depois de dizer isso ela me deu um pequeno beijo nos lábios.

— O que você está fazendo aqui? — Eu estava sorrindo, mas senti que minha voz soou um pouco alarmada; eu não esperava vê-la, e saber que ela agora provavelmente sabia que eu era uma bomba relógio me deixou preocupado.

— Quando sua mãe te encontrou eu estava chegando na porta da sua casa, para pegar o meu livro de Biologia que havia esquecido com você ontem mais cedo; a ouvi gritando e entrei sem bater. Chegando lá em cima, vi você e liguei para a emergência enquanto tentava acalmá-la. — Se ela notou meu tom de voz, fingiu que não.

— Caramba. Me desculpem, de verdade; eu não queria causar isso tudo.

— Não fala assim, filho, não é sua culpa. Você sabe disso. — Minha mãe se aproximou da Luiza e colocou a mão no ombro dela — Querida, você pode ir chamar a doutora?

A Luz saiu da sala e minha mãe me fitou, séria.

— Eu conheço você, Pietro, e notei seu tom de voz quando quis saber o que ela fazia aqui. Por que não contou a ela? Você não acha que ela merece saber?

— Ela não sabe ainda? A senhora não contou? — Olhei nos olhos da minha mãe.

— Ela não fazia ideia do que estava acontecendo, e eu não me achei no direito de contar. Quem deve fazer isso é você. O relacionamento é de vocês dois, não meu.

—Nós não temos um relacionamento, mãe. Além disso, eu tenho medo de que ela não queira dar chance para uma pessoa que vai morrer a qualquer momento...

— Não fala isso, Pietro Evans. Primeiramente, você não vai morrer; está me ouvindo? Você não vai morrer! — Ela estava falando de uma forma muito séria, de um jeito que sempre me deixava meio tenso. — Em segundo lugar, qualquer pessoa com quem você tenha um vínculo afetivo e com quem se preocupe, é alguém com quem você tem um relacionamento, então cabe a você ter responsabilidade emocional e contar a ela o que está acontecendo. Seja sincero. Eu sempre te ensinei isso.

— Me contar o quê? — A Luz estava parada na porta com a doutora ao seu lado.

Olhei para ela, com o coração acelerado.

— A gente conversa depois. — Desviei o olhar e notei o semblante de desaprovação da minha mãe. Dirigi a palavra a minha médica, disfarçando. – Olá, doutora.

Eu estava me sentindo egoísta e notei a expressão de desapontamento dela com meu tom de voz, mas fingi não perceber.

— Bom dia, Pietro. Eu sou a Dra. Alexandra; fiquei responsável por você nesse plantão, desde que chegou aqui. Como está sua cabeça?

— Está um pouco dolorida. O que dói mais é meu corpo. Vocês fizeram algum exame?

— A dor no corpo é normal; sua queda foi feia e você ficou muito tempo desacordado, na mesma posição. — Ela colocou a planilha em cima da cama, aos meus pés, e veio até a cabeceira ajustar os travesseiros, me deixando mais confortável. – Nós fizemos alguns exames, sim, para ver como está o coágulo.

Ao ouvir a palavra *coágulo* a Luiza fez uma cara confusa e saiu do quarto; mal deu tempo de chamar o nome dela e ela sumiu no corredor. A médica olhou para a porta e depois para mim, então continuou:

— Eu olhei as imagens da tomografia essa manhã e pude ver que o coágulo está maior. Ele está começando a comprimir seu córtex cerebral, que é a camada mais externa do seu cérebro, responsável pela sua memória, atenção, consciência, linguagem, percepção e pensamentos. — Ela fez uma pausa, esperando por perguntas, mas como não as fiz, ela continuou: — Você tem percebido piora nos seus desmaios e apagões de memória?

Ela pegou a prancheta novamente, enquanto eu respondia:

— Eu tenho desmaiado bastante e, desde o dia do relógio, eu não tenho perdido mais a memória. Mas, quando desmaio, tenho uns sonhos extremamente reais; já falei sobre isso com o Dr. Phillip.

— Parecem alucinações?

— Não... quer dizer, pode ser, mas para mim é mais real que isso. — Percebi que aquilo deixou a Dra. Alexandra muito tensa, apesar de ela disfarçar.

— Certo. Tudo bem. Eu preciso repassar seu caso com o Dr. Phillip; como ele é o médico responsável por você, precisamos decidir juntos o que fazer.

— Quando ele vai receber alta? — Minha mãe chegou mais perto. — Nós estávamos planejando uma viagem, sabe?! Para arejar as coisas.

— Se a cabeça dele não voltar a doer a gente pode tentar liberar a alta esta noite. Mas é bom que ele fique em observação o resto do dia, e vamos aumentar a dosagem dos remédios até decidirmos que caminho tomar.

Elas conversaram por mais algum tempo, mas eu não ouvi nada muito bem, estava extremamente distraído. Depois que a doutora saiu, minha mãe foi almoçar; eu não estava com fome e deixei a bandeja com a comida de hospital de lado. Procurei meu celular e mandei mensagem para a Luiza.

Ei, onde você está? Fala comigo.

Se passaram dez minutos e ela não respondeu.

Luiza, por favor, conversa comigo. Eu preciso falar com você

Agora não, Pietro.

Deixei ela ficar sozinha; eu não estava em posição de cobrar nada naquele momento.

Coloquei o celular ao meu lado, na cama, e peguei a bandeja de comida. Depois de comer, tentei dormir novamente, mas não conseguia. Fiquei algum tempo olhando as árvores balançarem com a brisa, através da janela, perdido em pensamentos. Estava um dia lindo; céu azul, sem nuvens. Meu celular vibrou e eu o peguei, pensando que pudesse ser a Luz, mas era a Lilly.

Por que não foi à festa ontem? Fiquei te esperando.

Desculpa, tive um pequeno problema e não deu para ir.

Está tudo bem?

Tudo, sim. Eu só passei um pouco mal e acabei vindo ao hospital.

O que aconteceu contigo? Está no hospital ainda?

Minha pressão baixou e eu desmaiei. Estou em observação no hospital geral.

Eu vou passar aí. Qual quarto é o seu?

Não precisa, Emilly.

Não quero te incomodar.

Você nunca foi um incômodo para mim. Eu já estou na rua mesmo, não custa nada desviar de casa um pouquinho.

Demorei um tempo para responder. *E se a Luiza voltar? Ela pode achar estranho... mas a Lilly é só uma amiga, então acho que está tudo bem; além disso, a Luz não quer nem olhar na minha cara.*

Já que você está dizendo...

Olhei o número do quarto na porta.

Quarto número 7. Não sei o andar, mas é só dizer meu nome na recepção.

Estou indo.

Meu celular descarregou, então acabei pegando no sono mais uma vez, por conta dos remédios, enquanto esperava a Lilly chegar. Acordei com a minha mãe me chamando, delicadamente.

— Ei, Pietro. A Emilly está aqui.

Abri meus olhos, devagar, passando a mão no cabelo, um pouco perdido.

— O quê? – Perguntei, de forma sonolenta.

— A Emilly, filho, veio te ver.

Olhei para a porta e vi a Lilly sorrindo para mim, com uma flor na mão. Dei um sorriso para ela.

— Você demorou tanto para acordar que pensei que pudesse ter entrado em um coma. — Ela andou até mim e me entregou a margarida que tinha em mãos. – Para você.

— Você e esse senso de humor lindo. — Falei para ela, com sarcasmo — Muito obrigada pela flor; com certeza tornou meu dia melhor.

Minha mãe tossiu, de forma que foi óbvio que era uma tosse forçada, e disse:

— Vou aproveitar que você está na companhia da sua mais fiel guarda-costas e vou passar em casa para pegar umas roupas para a hora que você for ter alta. — Ela me deu um beijo na testa. — Seu pai passou esse tempo todo preso no trabalho, mas vem buscar a gente à noite.

A Emilly a olhou e disse:

— Se quiser eu posso te levar até sua casa, Sra. Evans. Sei que a senhora não está de carro; vocês vieram com a ambulância, não é?!

— É verdade, mamãe. Você está com dinheiro para pegar algum táxi?

— Sim, meu amor, eu tenho dinheiro. Não precisa me levar, Emy, fique aqui com ele; assim ficarei mais sossegada. — Minha mãe era a única pessoa que chamava a Emilly de *Emy*; ela amava esse apelido.

— Então, tudo bem. Eu cuidarei bem dele.

Minha mãe pegou a bolsa dentro do pequeno armário, próximo à porta do banheiro do quarto, e saiu. Eu e a Lilly ficamos sozinhos, pela segunda vez desde que ela chegou, e meu coração pareceu ficar descompassado. *Será que realmente foi uma boa ideia deixar que ela viesse?* pensei.

— Eu me lembro bem do dia em que você me deu a minha primeira flor. Era uma margarida também, por isso eu trouxe essa para você. — Ela começou a falar tão de repente que levei um pequeno susto. — Nós nos dávamos muito bem, não é?!

— Sim, a gente sempre se entendeu. Eu me lembro de quando fui comprar aquela margarida... eu estava morrendo de medo de você me achar um idiota apaixonado. Você era muito diferente das outras.

— Era? — Ela me olhou com aquele sorriso de lado, que eu conhecia muito bem.

— Bem, agora eu já não te conheço como antes. – Dei um sorriso sem graça para ela. – Você nunca foi muito fã de gestos de amor em público, ou de presentes de dia dos namorados, mas às vezes eu conseguia contornar essa barreira.

— A gente já falou sobre isso. Eu...

— Não precisa se justificar, Emilly. É passado.

Ela se levantou e foi até a janela, depois voltou, inquieta.

— Você sabe que eu te conheço bem demais para acreditar que você apenas passou mal por conta de pressão baixa, né, Pietro? Você nunca ficava doente quando éramos mais novos.

Olhei para ela um pouco sem graça. *Eu não deveria contar a ela. Não sei se devo reestabelecer essa confiança que tínhamos um no outro. Não depois do que ela fez.* Demorei um tempo para responder, e ela continuou:

— Tudo bem se você não quiser me contar o que está acontecendo de verdade. Eu passei muito tempo fora, é difícil confiar em alguém que você não vê há tanto tempo.

— Não é isso, Lilly, de verdade... — Passei a mão na nuca e tentei manter contato visual com ela. — Eu só não quero falar disso agora.

Ela puxou uma cadeira que ficava ao lado da poltrona da janela e a trouxe para perto da cama. Em seguida, se sentou e segurou a minha mão. Notei que ela estava usando um anel delicado que eu havia lhe dado um pouco antes de a gente terminar.

— Ok! Eu não vou forçar você a falar de algo que não quer. — Ela ficou me olhando por alguns minutos e disse, do nada: — Eu e o Jimmy não estamos mais juntos.

Aquilo me pegou de surpresa, de forma que acabei soltando a mão dela.

— Ah... hm... sério? – Fiquei um pouco desconcertado. — O que aconteceu?

— A gente não conseguiu manter um relacionamento a distância. Era muito difícil encontrar um dia para nos vermos e as coisas estavam se complicando... – Ela apoiou os seus dedos nos meus, brincando distraidamente.

– Então por que você estava na festa da mãe dele?

– Você sabe que eu sempre amei demais as mães dos meus amigos; não achei necessário cortar laços com ela.

– Você realmente se importa muito com o sentimento dos outros, não é?! – Tinha um tom sarcástico na minha voz. –

Quer dizer, você sempre foi assim. Muito atenta. – Tentei disfarçar.

Ela estreitou os olhos para mim, com uma expressão confusa e desconfiada.

– Certo... o que foi isso? – perguntou, devagar.

Antes que eu pudesse responder, a Luiza apareceu na porta, rindo para uma das enfermeiras que veio acompanha-la até a sala. E, meu Deus, ela estava tão linda. Estava usando uma saia rodada amarela, uma camiseta preta com um pequeno girassol no meio e, não sei se era a saudade que estava pensando por mim, mas o rosto dela estava radiante. Ela era uma das coisas mais lindas que eu já tinha visto. Assim que parou na porta ela olhou para mim, depois para a Emilly e depois para as nossas mãos, e parou de rir. Passaram alguns segundos, que para mim foram uma eternidade, e ela finalmente disse:

— Oi, Pietro. Essa é a enfermeira Rose; ela veio me acompanhar, porque, como você sabe, eu sou meia perdida. — Ela sorriu para a Emilly, mas não disse nada.

— Oi, Luiza. Prazer, Rose, eu sou o Pietro. — A enfermeira sorriu para mim e se retirou do quarto. — Luz, essa é a Emilly; uma amiga de infância e colégio. Lilly, essa é a Luiza…

Eu não sabia bem o que dizer que a Luiza era minha, então ela mesma completou, sorrindo para mim com um sorriso que não era o dela de verdade:

— Sou uma colega da faculdade. Luiza Parker, muito prazer. — Ela andou até a Emilly e apertou a mão dela educadamente.

— Prazer, Emilly Carter.

— Uma colega de faculdade... — sussurrei. *Há um tempo atrás eu não me incomodava de ser apenas o colega de faculdade... mas agora? A gente merece mais que isso,* pensei.

— Você disse alguma coisa, Pietro? — A Luiza estava mais séria do que eu já a tinha visto em qualquer momento antes. Me encarava, com uma sobrancelha erguida.

— Sim... é... eu não achei que você fosse voltar hoje.

— Eu tentei te avisar, mas como seu celular ia direto para a caixa postal, resolvi vir aqui ver se estava tudo bem; e, bom, você está nitidamente ocupado e eu não quero atrapalhar a visita, então já vou indo. — Ela ia sair, mas se virou novamente e disse: — A propósito, eu avisei na direção da faculdade que você teve uma emergência médica. — Antes de sair definitivamente, ela sorriu daquele jeito estranho de novo. — A gente se fala depois.

Antes que eu pudesse responder ela foi embora, sem olhar um segundo para trás. Pude ouvir a enfermeira Rose de longe, perguntando o porquê de ela já estar de saída; não consegui ouvir a resposta.

A Emilly me olhou com um sorriso de canto.

— Ela é muito bonita; sua *colega* de faculdade.

— Sim, ela é mesmo. – Fingi não notar a provocação.

Ficamos mais meia hora conversando, até a minha mãe chegar com dois copos de suco, um em cada mão, e um potinho de gelatina embaixo do braço.

— Ooi, crianças. Eu trouxe um suco para a Emy e uma gelatina para você, Pietro, de morango. Faz tempo que você comeu e não pode sair daqui de barriga vazia. — Ela foi falando isso enquanto nos entregava os sucos e a gelatina; depois, foi colocar a sacola de roupas em cima da poltrona.

— Crianças, mãe?! — Comecei a rir quando ela me olhou com uma sobrancelha levantada como quem diz "e o que é que tem?" — Certo, certo. Obrigado pela gelatina e pelo suco, viu?!

Depois de mais ou menos uma hora a Lilly foi embora e minha mãe separou a roupa que havia levado, para que eu pudesse me trocar. Quando todas as coisas já estavam organizadas ela ligou para o meu pai, pedindo a ele que fosse nos buscar. A Dra. Alexandra deu uma passada no quarto antes de o turno dela acabar e se certificou das medicações estarem em ordem — e eu fora de risco.

Eu olhava o celular de dois em dois minutos para saber se a Luiza tinha mandado alguma mensagem, mas não havia nada.

Depois de uma hora, meu pai chegou ao hospital. Ele subiu até o quarto e conversamos os três juntos com o Dr. Phillip.

— A Dra. Alexandra me disse que vocês têm a intenção de viajar, mas é o seguinte: vocês não podem ficar tanto tempo fora. Uma semana é tempo demais longe do médico responsável pelo seu caso, Pietro; com a sua situação, nós precisamos estar sempre atentos e em alerta. Eu os aconselharia a ficarem fora no máximo três dias, arriscando apenas por conta do tratamento que estamos fazendo, que está segurando o coágulo, por enquanto, com firmeza. Além disso, nós provavelmente teremos que te operar; essa é uma certeza de noventa e nove vírgula nove por cento, mas ainda estou planejando a cirurgia para que haja o mínimo de riscos para você.

— Nós não iremos viajar, então. Não podemos deixar ele longe do hospital num caso desse. Eu não quero cometer nenhum erro. — Minha mãe respondeu com firmeza, mas eu senti um leve tom de tristeza na sua voz.

No caminho até a nossa casa, eu notei o semblante triste da minha mãe e tentei conversar com ela.

— Mãe, se a senhora quiser ir ver o vô, pode ir, por mim não tem problema. Vai ser bom para arejar sua mente.

— Eu não vou te deixar sozinho numa situação dessas, filho.

— Ele não vai estar sozinho. Se você quiser, eu pago sua passagem de avião e fico aqui com ele. — Meu pai olhou para mim, pelo retrovisor, e piscou. — Assim eu não preciso faltar na minha reunião de amanhã, o Pietro fica perto do hospital e você vê o seu pai. Todos saem ganhando.

— Você é muito esperto, não é, Sam?! — Minha mãe sorriu para ele. – Nós dois, ou melhor, nós três, sabemos como você realmente estava a fim de ir A essa viagem, né?!

Meu pai nunca tinha se dado muito bem com o meu avô. Desde que meu avô encontrou ele e minha mãe sozinhos na casa dela, quando eles namoravam, ele começou a pegar no pé do meu pai e não parou mais.

— Vai, Stella, vai ser bom para você, meu amor. — Ele parou o carro no farol e apertou a mão dela.

— Vai, mamãe. Vai ser bom. — Continuei incentivando a ideia a crescer na mente dela.

Depois de alguns minutos, nós conseguimos convencê-la a viajar. Já em casa, meu pai ligou para a companhia aérea no intuito de comprar a passagem dela de ida e de volta.

Peguei a mochila na qual minha mãe havia levado minhas roupas e subi para o meu quarto. Joguei tudo em cima da cama, coloquei o celular para carregar e fui direito para o chuveiro. Mais tarde peguei um colchonete que eu tinha guardado no fundo do armário e levei para a varanda. A vista estava extremamente limpa e as estrelas brilhavam intensamente. Coloquei o colchonete no chão com o cobertor e os meus travesseiros, voltei para o quarto e peguei meu notebook e o celular, que estava com a carga quase completa.

Sentei no chão, em cima do colchonete, e liguei a tela do celular. Nada da Luiza; entretanto, havia três mensagens da Emilly. Desliguei o celular por completo e abri a tela do computador. Fui nos meus arquivos e abri meu estudo e meu caderno. Reli a parte em que tinha parado hálgumas noites atrás.

⬚ Em 1980 , o cientista britânico Stephen Hawking, junto com o físico americano James Hartle, elaborou uma nova ideia sobre a origem do universo.

A proposta de Hartle e de Hawking usava uma base chamada <u>mecânica quântica</u>, para explicar como o universo teria surgido a partir do nada. À medida que os cientistas desenvolveram a ideia, chegaram à <u>hipótese de que o Big Bang não teria criado apenas um universo, mas vários.</u> Alguns deles, segundo a teoria, seriam bem parecidos com o nosso — <u>talvez com planetas idênticos à Terra e até sociedades e indivíduos como os existentes em nosso Universo;</u> o número de universos paralelos pode ser tão grande que até <u>podem existir pessoas idênticas a nós.</u>

Ok, vamos continuar com isso. Estiquei os braços, estralei os dedos e comecei a pesquisar na internet e em livros.

ÚLTIMA TEORIA DE HAWKING ANTES DE MORRER.

- O <u>espaço</u> pode ser <u>composto por múltiplos universos.</u>

OS UNIVERSOS PARALELOS DE HAWKING.

- O universo se originou a partir da explosão cósmica que conhecemos como Big Bang, que nada mais é que <u>uma inflação cósmica que criou corpos infinitos que estão espalhados pelo espaço.</u>

- Há regiões que continuaram crescendo, como num ciclo infinito, devido à inflação.

De acordo com isso, <u>a parte do universo que somos capazes de ver é apenas uma pequena porção onde o processo terminou; existe muito mais.</u>

- "Acredito que as leis da física e da química podem ser diferentes de um universo para outro, e, juntos, formam um multiverso. Mas, se elas forem diferentes demais, a teoria não pode ser testada." — Hawking

Então, na verdade, <u>esses universos são realmente muito parecidos,</u> com essas leis não muito diferentes, provando mais uma vez os erros da teoria da inflação finita.

- "O problema habitual dessa teoria é que ela pressupõe a existência de um universo de fundo que evolui de acordo com a teoria geral da relatividade de Einstein e

trata os efeitos quânticos como pequenas flutuações ao seu redor. Porém, a dinâmica da inflação eterna <u>elimina a separação entre a física quântica e a clássica</u>", explicou Hertog.

● Se o universo realmente tiver evoluído conforme prevê a teoria, pode ter deixado uma assinatura reveladora nas <u>ondas gravitacionais, ou no chamado fundo de micro-ondas cósmico.</u>

Olhei o relógio e vi que estava marcando onze e quarenta da noite.

Tanto tempo estudando e ainda assim quase nenhuma anotação. Além de moribundo, estou ficando burro. Não conseguia entender de onde estava vindo aquele mau humor, mas já podia imaginar. Liguei o celular novamente e vi que tinha uma mensagem da Luiza. Meu coração acelerou e eu senti como se todos os músculos do meu corpo tivessem atrofiado. Não conseguia respirar direito. *Não vou olhar. E se ela estiver dizendo que nunca mais quer olhar na minha cara? Mas eu preciso ver, fiquei o dia e a noite inteira esperando por isso.* Abri a mensagem.

Não precisa se preocupar. Eu estou bem.

Aliás, você não se preocupou durante meses em me dizer o que está passando, então porque começar agora?

Meu coração doeu demais ao ler aquelas palavras. Eu estava bravo por ela não pensar em como aquilo era difícil para mim, e extremamente triste porque ela era a única pessoa que eu queria ao meu lado naquele momento. Porém, eu sabia que se estivesse no lugar dela também ficaria bravo comigo.

Não fala assim, por favor. Eu entendo completamente a sua raiva de mim e não vou te julgar se você não quiser mais olhar na minha cara, mas não fala que eu não me preocupei.

Você é a pessoa com a qual eu mais tenho me preocupado nessas últimas semanas; neste último mês.

Pietro, eu não vou conseguir falar com você agora e, aparentemente, você já tem alguém muito disposta a segurar sua mão. Alguém em quem você confiou antes de confiar em mim.

Isso se trata da Emilly?

Luiza, você entendeu tudo errado. Vamos nos encontrar e conversar sobre isso direito.

Fiquei esperando ela me responder, mas a resposta não veio. Se passaram alguns minutos enquanto eu olhava para a tela do celular até me tocar que ela não ia ler minha última mensagem; e eu nem sequer estava no direito de ficar bravo. *Se é isso que ela quer de verdade, então tudo bem.*

Abri as mensagens da Emilly.

Não esquece de me avisar quando chegar em casa. Hoje o dia foi muito bom com você e eu gostaria de te ver antes de você ir viajar.

Pietro??? Acho que você já devia ter chegado em casa a uma hora dessas, né?!

Me responde assim que der.

Me senti um pouco culpado por não ter avisado a ela que já estava em casa, então respondi antes de desligar o celular novamente.

Eu cheguei em casa já faz tempo, Lilly. Desculpa por não ter falado nada antes, estava tentando descansar.

Não vou mais viajar, vou ficar em casa com o meu pai. A minha mãe vai ir sozinha ver meu avô. Não seria justo prendê-la aqui por minha causa.

A gente pode se ver, sim; é só marcar.

Não demorou muito e ela já me respondeu.

Espero que tenha conseguido descansar bem.

Que bom que sua mãe vai ir ver seu avô. Eu sei o quanto ela sente falta dele no dia a dia dela.

Quando é melhor para você?

Estou com alguns dias livres, então você que sabe.

Decidi aproveitar ao menos uns três dias da semana que a Universidade havia deixado à minha disposição, pois ainda não estava pronto para encarar a Luiza de frente todos os dias.

Desliguei o celular novamente, olhei na direção do relógio da Universidade e consegui ouvir seus ponteiros baterem meia-noite, ao longe. Fiquei admirando o céu e, depois de alguns segundos, alguma coisa surgiu. Eu não tinha reparado antes, mas agora, prestando atenção, conseguia novamente distinguir uma luz diferente saindo por entre os vitrais. Me levantei e fui até a beira da varanda, estreitando os olhos para a luz, e pude ver que ela tinha diversas cores interagindo umas com as outras em seu fundo, quase imperceptíveis; e, numa reação súbita, saí correndo da varanda, peguei uma blusa no meu quarto e calcei meu tênis, descendo, em seguida, as escadas e pegando as chaves do carro. Abri a porta dos fundos tentando fazer o mínimo de barulho possível, e fui até o carro.

Capítulo 10

Cheguei ao portão da Universidade Michigan e notei que o relógio estava marcando meia-noite e dez. Fui até a parte do muro que eu e a Luiza havíamos pulado na noite em que nos beijamos pela primeira vez e pulei novamente. Corri pelo mesmo caminho de antes e, quando cheguei na porta do relógio, notei que a luz da fenda estava um pouco mais fraca que antes. Forcei a fechadura com um pedaço de ferro que achei jogado no chão ali perto e consegui passar pela porta. Corri pelos degraus acima, como se a minha vida dependesse daquilo. Era uma noite fria; meu pulmão ardia e eu não conseguia respirar direito, mas não parei de correr. *Eu não estou ficando louco,* era a única coisa em que eu pensava. Quando cheguei aos vitrais no fim da escadaria, olhei e vi que o relógio marcava meia-noite e vinte e cinco. Me aproximei das engrenagens, seguindo a luz que vinha até o meu rosto por entre elas, e fiquei simplesmente abismado com o que vi.

Era uma fenda cortando o ar bem à minha frente. Ela brilhava num intenso tom dourado que fazia meus olhos arderem um pouco. Em seu meio, havia uma mistura de cores surreal: às vezes, branca por completo, outras vezes, dourada e, às vezes, todas as cores existentes pareciam estar juntas em uma só. Quanto mais eu me aproximava, mais percebia que seu interior ondulava, como se ali houvesse pequenas ondas se contorcendo através de si mesmas. Era a coisa mais linda que eu já tinha visto. Ela também emitia um barulho; um barulho suave como o vento que passa através de um espaço na porta ou na janela em uma ventania, como um assovio, misturado com o barulho de ondas ao longe. A cada minuto, ela ia se fechando mais e as cores iam sumindo. Peguei uma pequena pedra que estava perto de mim e joguei lá dentro. Esperei por alguns segundos, mas nada aconteceu. Eu precisava saber o que acontecia do outro lado. Estiquei minha mão devagar na direção das cores, completamente hipnotizado, mas, no momento em que ia tocá-las, começaram a sair faíscas vermelhas. Dei um pulo para trás, assustado. Logo em seguida escutei passos atrás de mim. Alguém estava subindo as escadas. Corri para o canto mais escuro dos vitrais e me abaixei.

— Quem está aí? — O guarda noturno do campus surgiu em meu campo de visão. — O que é isso? — Ele também era capaz de ver a fenda.

Eu não sou maluco.

O guarda foi em direção àquele fenômeno esquisito, com a lanterna ligada. Cada passo dele fazia meu coração sair do compasso. Quando faltavam apenas dois passos para ele alcançar a fenda, ele esticou a mão, que passou direto pela confusão de luzes e faíscas, então ele continuou andando e sumiu. O cara sumiu por completo. Numa confusão maior ainda de cores, a fenda simplesmente desapareceu. De repente era somente eu, a escuridão e a lanterna acesa que havia caído quando a fenda engoliu o guarda.

— Que merda foi essa? — Falei, olhando para a escuridão.

Capítulo 11

Fiquei olhando para a escuridão por tempo suficiente para as minhas pernas começarem a doer. Peguei a chave do carro, que tinha deixado cair no momento em que corri para me esconder, e comecei a descer as escadas com a minha mente a mil por hora. *Eu não estou ficando louco. O guarda viu a fenda também; isso tudo não pode ser apenas fruto da minha imaginação afetada por uma bolha de sangue. Eu sei que isso é real. Mas... será possível que é o que eu imagino?... Será que.... Não, não tem como. Porém, tecnicamente, é a única explicação plausível...* eu não conseguia parar de pensar em como, mesmo apenas dentro da minha mente, eu soava igual a um louco.

Pulei o muro e fui até o carro. Ao chegar em casa, tranquei a porta com cuidado para não acordar os meus pais. Corri para a varanda novamente e continuei a sublinhar e a anotar partes do meu estudo que me ajudassem a dar sentido a tudo aquilo. *E se eu tiver encontrado uma fenda no tempo? O acesso a um dos multiversos que Stephen Hawking acreditou que pudesse realmente existir?*

Não fui capaz de notar nem mesmo o momento em que havia adormecido. Acordei com o corpo dolorido por ter dormido de mau jeito e de forma desconfortável, mas, de algum jeito, eu não estava mal-humorado, bem pelo contrário, eu estava com um ânimo sem igual e completamente empolgado com o que havia acontecido noite passada. Me levantei e fui guardar as coisas que havia levado até a varanda. Assim que saí do meu quarto para ir tomar café, dei de cara com a minha mãe descendo as malas dela.

— Bom dia, mamãe!!! — A abracei. — Precisa de ajuda com isso?

— Bom dia, meu amor. Preciso de ajuda, sim. Leva essa mala maior e eu levo as duas menores.

Colocamos as malas no carro do meu pai e fomos tomar café. Meu pai desceu alguns minutos depois e se juntou a nós à mesa.

— Vai comigo levar sua mãe para pegar o voo, Pietro?

Eu estava completamente alheio a tudo ao meu redor e ele precisou me cutucar para que eu pudesse escutar o que ele estava dizendo.

— Ah, não, pai, desculpa. Eu tenho que ir ver umas coisas na faculdade. A senhora vai ficar chateada, mamãe? — Olhei para ela, preocupado.

— Não, meu amor. Claro que não. — Ela pegou na minha mão e abriu um sorriso sincero.

Pensei por alguns segundos e resolvi perguntar algo que não saía da minha cabeça.

— O que vocês acham de fendas no espaço-tempo? — Quando percebi que eles não faziam ideia do que eu estava falando, expliquei mais. — Tipo, rachaduras no espaço temporal que tornam possíveis viagens para outros universos. Universos onde existem pessoas idênticas a nós.

Minha mãe franziu a testa e meu pai começou a rir.

— Você bateu a cabeça de novo? — Ela perguntou.

Mas meu pai foi mais suscetível.

— Eu acho algo realmente interessante. Seria o máximo saber que existem outros "*eus*" espalhados universo afora.

— É, pai, seria o máximo. – Apoiei a colher no pote de cereal — E se eu dissesse que encontrei uma fenda dessas? Vocês acreditariam?

— Apesar de ser algo fascinante, é um tanto impossível, filho.

— Mas o outro tanto é possível? — Perguntei a ele, enquanto me levantava e ia para o sofá olhar alguns livros de física.

Depois de eles terminarem o café, os acompanhei até a porta e me despedi da minha mãe. A abracei com muita força e disse que iria sentir muitas saudades, o que quase a fez chorar.

— Toma cuidado, garotinho, e cuida do seu pai por mim. Além disso, me prometa que vai tentar consertar as coisas com a Luiza.

— Pode deixar. Mas não tenho tanta certeza de que ela quer que as coisas sejam consertadas.

— Não a culpe, Pietro, isso só vai piorar tudo.

Ela me deu um último abraço e entrou no carro. Peguei meu celular e vi que a Emilly havia mandado uma mensagem.

Está livre esta tarde?

Sim.

Podemos ir tomar um sorvete naquele lugar perto do parque?

Te pego às 15:00.

Combinado.

Coloquei o celular no bolso da calça e voltei para dentro de casa. *Você é um imbecil, cara.*

Capítulo 12

Antes que eu trancasse a porta alguém colocou o pé na fresta entre ela e a parede. Me assustei e olhei para fora com os olhos arregalados.

— Dá para você abrir a porta antes que quebre o meu pé?

— Caramba, Dylan, quer me matar do coração? — Falei, enquanto abria a porta.

— Se você não morrer da cabeça primeiro, quem sabe?! — Ele estava extremamente sério e me empurrou para o lado para entrar na minha casa, indo em direção ao sofá.

— O que você quer dizer com isso?

Comecei a ir até ele e fiquei de pé, em frente ao sofá. Ele me olhou sério, respirou fundo e disse:

— Eu encontrei a Luiza ontem, na praça. — Ao ouvir isso passei a mão na nuca e balancei a cabeça negativamente. Ele continuou: — Ela estava chorando demais, Pietro. Eu não podia fingir que não tinha nada acontecendo; então, mesmo contra a vontade dela me sentei e a convenci a me contar o que tinha causado tanta tristeza. — Olhei para ele depois de ele bater o pé de leve na minha perna. — Por que você não me contou?

Demorei um tempo para responder. *Não acredito que a fiz chorar.*

— Eu não contei para ninguém. Só eu e meus pais sabíamos. Fiquei com muito medo de contar para ela e ela não querer ficar com alguém que a cabeça vai explodir do nada.

— Só ela tinha o direito de decidir o que iria ou não fazer; você tinha que ter contado, mesmo com medo. Confiança é tudo. Além disso, é exagero achar que a sua cabeça "vai explodir do nada". Você realmente não mudou nada; continua o mesmo ator de quando éramos crianças.

— Cala a boca, otário. — Joguei uma almofada do sofá nele. — Enfim, ela estava comigo no hospital quando a médica foi falar dos exames que fizeram em mim; não deu tempo de contar. Ela escutou da boca da doutora. Eu ia contar; não sei quando, mas ia. – Me sentei e apoiei a cabeça no encosto do sofá. — E não te contei porque eu simplesmente não pensei nisso. Desculpa. Está tudo dando errado e essa merda está cada vez pior.

— Não se desculpe comigo. Quando ela decidir que quer falar com você, então aí você pode resolver as coisas. Quanto a mim, não vou ficar bravo contigo; você precisa se cuidar e eu não posso nem imaginar como é passar por uma coisa dessas. A Emilly sabe?

— Não. Eu não vou contar para ela.

— Certo. Você que sabe, cara.

— E você não vai abrir sua boca para o Jimmy.

— Você que manda. – Ele sorriu e depois disse: — Agora, me conta isso direito. Você está apaixonado pela Luiza? Seus olhos brilham quando vocês estão perto um do outro, e ainda fica todo empolgado, falando de um jeito que eu nunca te vi falar antes.

— Eu a conheci na faculdade e, desde então, ficamos cada vez mais próximos... até demais. Eu tentei negar mil vezes para mim mesmo que eu não estava apaixonado, mas aconteceu... — Olhei para ele e dei risada. — Sabe, cara, ela não é fácil de lidar; nadinha mesmo. Tem um humor sarcástico que dificulta muito saber quando está ou não levando algo a sério, ou dizendo algo sério. Ela me faz rir só de olhar para mim, e a gente se entende tão bem. Desde a primeira vez que a vi, foi como se já a conhecesse. – Dizer isso despertou algo em mim, como um reconhecimento, e me lembrei do primeiro *"sonho"* que tive, no relógio da Western, há um mês atrás, mas o Dylan começou a falar demais e eu me distrai.

Passamos a tarde conversando e ele me xingou um pouco quando eu disse que tinha que ir me encontrar com a Emilly. Saímos juntos da minha casa, mas ele foi visitar o irmão mais novo enquanto eu ia até a casa do Andy, tio da Lilly, para buscá-la.

A casa do tio da Lilly ficava apenas a alguns quarteirões da minha, então eu fui a pé até lá. Quando eu estava perto, mandei uma mensagem para ela me esperar na porta..

— Você é sempre muito pontual, né?! — Ela disse, com um tom meigo, me abraçando.

—Oi, Lilly. — Falei, enquanto a abraçava rapidamente, um pouco desconfortável, já que ela nunca tinha sido tão carinhosa comigo. — É, você realmente está diferente.

— O tempo passa e as coisas sempre mudam; principalmente as pessoas, quando finalmente percebem o que querem de verdade. — Ela disse isso me olhando de um jeito estranho, como se estivesse se referindo ao nosso antigo relacionamento, e eu simplesmente agi como se não tivesse entendido.

A cada passo que dávamos eu só conseguia pensar que não deveria estar ali.

— Pietro? Você está me ouvindo? —   Pela primeira vez naqueles dias, ela soou como a Emilly que eu conhecia, extremamente sistemática.

– Desculpa, Lilly, eu….

Interrompi minha fala e parei de andar. A Luiza estava poucos passos à nossa frente, indo em direção à sorveteria também; só que, dessa vez, ela estava acompanhada de Josh Williams. *Relaxa, Pietro, não tem por que você ter ciúmes, é apenas a garota que você gosta acompanhada do melhor amigo dela; o melhor amigo que nitidamente gosta dela também, só pelo jeito que te olhou quando viu vocês na festa juntos e a tocou de forma sugestiva para se desculpar. Mas está tudo sob controle. Além disso, você não vai controlar as pessoas com quem ela sai ou fala só porque está com ciuminho.* Por mais que eu tentasse, era impossível disfarçar o ciúme que estava tomando conta de mim. Cheguei mais perto deles, com a Emilly ao meu lado.

— Luz, o que está fazendo aqui? — Tentei soar o mais descontraído possível.

— O que alguém faz em uma sorveteria, Pietro? — Ela estava séria demais. — Acho que andar de patins não seria a resposta correta, então sobra a mais óbvia; adivinha qual. – Ela me olhou com a sobrancelha levantada, de uma forma irritante, e deu um sorrisinho falso.

— Esqueceu a educação em casa hoje? — Respondi, sério e com um tom enciumado.

— Não tinha argumento melhor, não?! Achei que você fosse mais esperto que isso, Sr. Físico.

Ela realmente sabia como me irritar.

— Os dois podem parar de discutir como duas crianças? — A Emilly disse isso enquanto passava o braço ao redor do meu, com um sorrisinho de lado, muito estranho. — Vocês são colegas de faculdade, dois adultos, não podem ficar brigando por besteira. Até parecem um casal.

Eu sabia que a Lilly havia dito aquilo de propósito, o que era bem a cara dela, e a Luiza também notou, ficando mais séria do que estava. Enquanto isso, o Josh estava apenas observando a cena, totalmente passivo e sem qualquer expressão, apenas me fitando. Aquele cara era realmente irritante.

— Você está certa, Emilly, somos apenas colegas. — Falei, olhando para a Luz, com o coração apertado.

— Certíssima. — A Luiza concordou, me olhando com uma expressão diferente agora, como se não esperasse que eu dissesse aquilo. Ela segurou a mão do Josh, se virou e foi embora.

Enquanto eles iam embora o Josh olhou para trás.

— Até mais, pessoal; bom papo. — Ele sorriu e a Luiza o puxou para que andassem mais rápido.

Percebi que, quando eles viraram, ela brigou com ele por ter sido inconveniente, o que me fez sorrir de satisfação, involuntariamente.

— Sua amiga é meio explosiva, né?!

Por mais que eu não achasse aquilo, concordei com a Emilly.

— Lilly, eu perdi o clima do sorvete. Vamos fazer outra coisa? Um cinema, talvez?! Está passando um filme ótimo de super-herói.

— Tudo bem o cinema, mas nada de filmes de super-heróis; você sabe que eu odeio.

Eu tinha esquecido que ela odiava esse tipo de filme, e que quem gostava era a Luz, o que me fez ficar triste de novo.

Capítulo 13

O cinema não ficava muito perto de onde estávamos, então pegamos um táxi até lá. Havia diversas opções de filmes, mas ela tinha preferência por comédia romântica.

A sala não estava cheia. Tinha algumas dezenas de casais espalhados, inclusive um na nossa frente; e eu só conseguia pensar em uma garota, aquela que, desde o dia que a vi pela primeira vez, senti algo especial. Parecia que eu tinha jogado tudo fora.

— Pietro, essa garota que está na nossa frente não é a sua *colega*, com aquele garoto com quem ela estava hoje mais cedo?

— Como assim? — Olhei para frente mais atentamente. — Não é possível... eu acho que realmente é ela.

Fiquei mais bravo; não conseguia acreditar que ela tinha conseguido me trocar tão rápido. Eu não aceitava ser tão facilmente substituído assim. Eles estavam de mãos dadas e a Luiza deitada no ombro do Josh.

— Deixa esses dois de lado e vamos aproveitar o momento.

A Lilly estava falando baixo e se aproximando cada vez mais do meu rosto; logo em seguida ela me beijou, sem que eu esperasse.

Apesar de estar irritado, eu não conseguia fazer aquilo, minha cabeça não parava de me dizer como eu era um idiota por aceitar que logo a Emilly me beijasse. Eu estava culpando a Luiza, mas não estava agindo melhor que ela; comecei a deixar a frustração dos meus próprios atos falarem mais alto que meu bom senso.

— Lilly, só um minuto, eu preciso ir ao banheiro.

Levantei, tentando fazer o mínimo possível de barulho, e saí, passando a mão na nuca e com o coração acelerado.

No corredor do lado de fora, havia algumas poltronas e, ao sair, dei de cara com a Luiza, sentada, de cabeça baixa. *Espero que ela não tenha visto o beijo. Que merda eu fui fazer?!,* pensei. Me aproximei dela e sentei ao seu lado, olhando para as minhas mãos, e falei:

—Quando você saiu de lá?

— Acho que você estava ocupado demais para notar. — A voz dela saiu baixa, apática.

Olhei na direção dela, com o coração apertado.

—Não pode me culpar. Você também não estava exatamente prestando atenção no filme.

Ela me olhou e riu de forma sarcástica.

— Como é que é? Você está louco? Em algum momento você me viu beijando o Joshua?

— Não, não vi. Mas você estava toda cheia de segurar a mão dele e não sei mais o quê, então...

Ela se levantou e olhou no fundo dos meu olhos.

— Então o quê? Você não pode sair por aí tirando conclusões precipitadas das coisas só porque quer, Pietro. Além disso, você não tem direito nenhum de me cobrar nada agora. Você é quem começou isso tudo, ou será que não se lembra de que estava de mãos dadas no hospital com a sua ex-namorada, para todos verem? — Olhei para ela, surpreso, porque eu não tinha mencionado minha história com a Emilly em momento algum. — Isso mesmo. O Josh é meu melhor amigo desde que a gente se entende por gente. Quando meu pai morreu, ele passou dias e noites do meu lado sem nunca me deixar sozinha. Ele é como um irmão para mim, mas o Dylan me deixou bem claro o que a Emilly é sua, e não é apenas uma amiga de infância e colégio como você tinha me dito. A ceninha lá dentro deixou isso tudo extremamente mais claro.

— Ah, a culpa é toda minha agora? — Levantei e fiquei de frente para ela. — Quantas vezes eu demonstrei que eu sou completamente apaixonado por você, e você simplesmente me ignorou? Qual é, Luiza, depois que nós nos beijamos você nem sequer chegou a tocar no assunto; você sabe como eu me senti? E se o Josh é tudo isso para você, por que não fica com ele? Já que eu não tive significado algum na sua vida...

— Eu não estava ignorando você! Eu simplesmente não sabia como agir diante de tanto sentimento e amor sincero. Ninguém nunca gostou de mim desse jeito, Pietro. O único amor que eu já vi alguém ter por mim era um amor feio, um amor que me machucava todos os dias, e não só psicologicamente. Eu não sabia como agir diante de você e a cada dia eu me convenci mais e mais de que eu não era merecedora de tudo o que você é capaz de me dar. Eu simplesmente não posso aceitar que alguém goste tanto assim de mim, sendo que nem eu consigo gostar. — Ela começou a chorar. — Depois, eu ainda descobri pela boca de outras pessoas que você está doente e apenas comprovei tudo o que eu já estava pensando. Não posso confiar em ninguém. Você não confiou em mim. Eu me senti tão humilhada por você não se dar ao trabalho de me contar uma coisa tão importante. Me senti deixada de lado como nunca antes. E, para piorar tudo, quando eu voltei para te dizer que ia ficar ao seu lado, você estava lá com outra pessoa e nem sequer foi capaz de me olhar nos olhos. — Nesse momento, ela me olhou intensamente e meu coração doeu como nunca antes. — Eu nunca quis te magoar, e ainda assim fiz isso. Mas sabe o que é pior? Eu realmente achei que *você* não me machucaria. Você quer mesmo saber por que eu não fico com o Josh? Eu não fico com ele porque eu amo *você*, por mais que eu tente ignorar. Eu amo você. — Ela se aproximou de mim e colocou o dedo no meu peito enquanto secava as lágrimas do rosto. — Você não tem o direito de me dizer que não significou nada para mim. Você não sabe das coisas que eu sinto, então para de agir como se soubesse. — Ela virou as costas para mim e começou a sair do cinema.

Notei que as pessoas ao redor estavam paradas, olhando para nós.

— Luz!! – Gritei e corri até ela, já com as lágrimas em meus olhos. Meu coração fervia e eu não podia deixá-la ir embora dessa vez. A alcancei e a segurei, delicadamente. —

Eu te amo. Desde o dia em que eu te vi sentada naquele jardim da faculdade, eu não sabia naquele exato momento, mas o meu coração se tornou seu ali mesmo. Eu não soube como reagir em meio a esse sentimento e, depois de aceitar, foi difícil saber o que fazer por ver que você não o aceitava. Depois, eu descobri que estou doente e que só tem piorado, e isso só fez as coisas ficarem ainda mais complicadas para mim. Eu não sabia como te contar. Eu confio em você; confio mesmo. Me perdoa por não ter conseguido demonstrar. — Meus olhos já estavam mergulhados em lágrimas e tudo que eu queria era um abraço dela, mas aqueles olhos eram um mistério. Ela simplesmente ficou parada, me olhando com os olhos vermelhos das lágrimas que ainda escorriam. — Se você quiser ir eu vou entender. Mas fique sabendo que é só você, Luz, e sempre será você. E, antes que você vá, eu preciso te dizer que a Emilly não é nada minha, quer dizer, ela já foi, como você sabe, mas agora… agora eu estava saindo com ela porque eu estava tentando perdoar coisas do passado, sem intenção alguma… e porque eu sou um idiota orgulhoso que queria te provocar. O beijo foi um erro, e eu sempre me arrependerei disso. Desculpa.

Ela continuou me olhando por um tempo; tempo que para mim pareceu uma eternidade. Notei que a sessão do filme em que estávamos havia acabado e que o Josh e a Emilly estavam nos olhando. A Luiza fez menção de dizer algo, mas fechou a boca novamente, deu um pequeno sorriso como se pedisse desculpa e começou a sair. Eu dei um passo para ir até ela novamente, mas o Josh entrou na minha frente, dizendo:

— Ei, cara, não vai atrás dela; você falou que, se ela quisesse ir estava, tudo bem. Ela precisa pensar um pouco e nós dois sabemos que ela não vai conseguir conversar contigo agora. Deixa que eu cuido disso, tá legal?!

Eu simplesmente assenti e fiquei olhando enquanto ele corria atrás dela, me sentindo impotente.

Fiquei alguns minutos apenas olhando para a porta de saída do cinema, enquanto as pessoas começavam a se dispersar, mas aí me lembrei de que ainda tinha alguém que eu iria ter que enfrentar. Me virei e dei de cara com a Emilly, me encarando, furiosa. Fiz com a cabeça que era melhor a gente sair e ela me seguiu.

Quando chegamos do lado de fora, ela estava realmente muito brava.

— Eu não sou nada para você? Como foi capaz de dizer isso? — Ela começou a vir para cima de mim e eu fui me afastando. — *Você me beijou,* Pietro!

Continuei andando para trás enquanto respondia:

— Ei, calma aí, quem me beijou foi *você*; eu fui recíproco por um tempo, sim, e peço desculpas por isso, mas só por isso. Apesar de tudo, você não merecia ser usada como provocação. — Olhei bem fundo nos olhos dela. *É agora ou nunca, Pietro,* me encorajei, antes de continuar: — Você é a última pessoa que pode cobrar responsabilidade emocional, ou esqueceu que você me traiu com o meu melhor amigo de infância? — Ela arregalou os olhos, parando de andar na minha direção. — Pois é, Emilly, eu sei de tudo; soube antes de vocês irem embora. O Dylan viu vocês juntos alguns dias antes de nós terminarmos e me contou.

— E por que você não disse nada naquela época? Por que você não terminou comigo assim que soube?

— Eu não disse nada naquela época porque queria ver até onde vocês dois seriam capazes de ir antes de me contarem tudo. Mas vocês não contaram nada durante uma semana, e eu acabei logo de uma vez com aquela mentira que era o nosso relacionamento. Eu não disse nada sobre a traição, porque não achei que valesse a pena jogar nada na cara de vocês; eu sou melhor que isso.

— Melhor que isso? Você nunca foi o melhor em nada, muito menos no nosso relacionamento. E não é melhor agora, me usando assim. O James sempre foi melhor em tudo. Ele é mais alto, mais bonito...

Comecei a rir e não a deixei terminar de falar.

— Se você acha que, em um relacionamento, o mais importante é a beleza, você está completamente errada. Você é fútil e só pensa em si mesma, e tudo que eu tenho para te falar é *obrigado*. Obrigado por me ajudar a ver que eu mereço coisa muito melhor. Mais uma vez, peço desculpa pelo que fiz durante esses dias, mas só por isso.

Me lembrei de todas as coisas pelas quais passamos quando éramos crianças e tínhamos nosso pequeno grupinho de quatro pirralhos extremamente felizes por terem um ao outro. *É uma pena que as coisas tenham tomado esse caminho.* Virei as costas para ela e fui embora, sem olhar para trás nem uma só vez. Depois de descobrir o que estava acontecendo, eu apenas me afastei do James e deixei que ele pensasse que era por ciúmes da mudança dele e do Dylan; não iria valer a pena brigar com ele. Afinal, eu fiquei mais decepcionado do que irritado.

Eu estava relativamente longe de casa e aquele dia tinha sido demais para mim: minha cabeça estava explodindo, como de costume, e eu estava com uma tontura que vinha me atingindo a alguns dias, então chamei um táxi, para não correr o risco de acontecer algo e eu estar sozinho. Já estava escuro e, no caminho para casa, passamos em frente à Universidade. Tinha uma névoa esquisita sob o relógio que me fez lembrar da minha experiência na noite passada, instigando minha curiosidade mais uma vez. Quando cheguei em casa, eram aproximadamente nove e meia da noite, e o meu pai estava na sala vendo o jogo dos Pistons.

— E aí, pai?! — Dei um abraço nele. — Como vai o jogo?

— Oi, filho. Nós estamos perdendo, de novo. Os Lakers estão com tudo nessa temporada.

— É, realmente o LeBron está demais; ninguém aguenta com esse cara. — Por mais que eu tentasse conversar, eu só pensava naquela fenda e em como eu precisava descobrir o que tinha do outro lado. — Vou ir tomar um banho.

Tomei um banho rápido, porque queria sair logo de casa. Enquanto me trocava, meu celular tocou; terminei de vestir a camisa e atendi.

— Oi, mamãe. Como está aí?

— Oi, meu amor. — Sua voz estava muito feliz— Eu estou muito bem. Seu avô mandou um beijo.

— Que ótimo, mãe!! Manda outro para ele.

— E como você está, meu amor?

Sentei na cama, apoiando o celular com o ombro e amarrando meu tênis. Então, contei a ela tudo o que tinha acontecido nos últimos dias, inclusive sobre a traição da Emilly, que ela não sabia. Passamos um bom tempo falando ao telefone, com ela me aconselhando e me ajudando a manter a ansiedade sob controle, além de ficar pegando no meu pé para eu não esquecer os remédios; e me dando bronca por ter agido de forma tão infantil em relação à Luiza. Olhei o relógio e estava marcando dez e meia.

—Mãe, preciso desligar. Estou estudando umas coisas muito importantes. Amanhã a gente se fala, tá bom?! Eu te amo.

Olhei meu celular e comecei a mexer em algumas redes sociais. Apareceu uma foto da Luiza para mim. Ela estava em um tipo de parque — usava o cabelo solto embaixo do capuz cinza da blusa da Universidade Michigan e tinha estampado em sua face um sorriso lindo. Fiquei admirando o sorriso dela por um tempo até ter a impressão de já ter visto aquela foto. *Onde é que eu a vi exatamente assim?* Minha cabeça começou a doer um pouco, mas eu finalmente lembrei, *não.... não é possível, eu ainda nem a conhecia.* Aproximei mais a foto e não havia dúvidas, a Luiza era a garota do sonho que eu havia tido há pouco mais de um mês atrás, antes de acordar com os brancos de memória e os desmaios cada vez piores. *Acho que isso basta para eu saber que não estou louco. Foi ela. Ela me trouxe de outro lugar. Por isso eu não me lembro de nada muito concreto, além de coisas que me marcaram demais, antes de acordar aquele dia.*

Capítulo 14

Guardei o celular no bolso e peguei minha mochila, onde estavam meus cadernos e o notebook. Quando cheguei até a sala, meu pai já tinha subido para o quarto. Abri a porta devagar, para ele não me ouvir, e decidi que era melhor ir de a pé para a Universidade, já que não era tão longe e evitaria o barulho do carro na garagem; afinal, eu não tinha certeza se meu pai estava dormindo.

No caminho, andando pelas ruas quase vazias, iluminadas pela luz alaranjada dos postes, comecei a pensar em todas as cenas que via quando perdia a consciência; e em todos os sonhos que pareciam tão reais. Agora, era nítido como eles se encaixavam e davam sentido um ao outro. Não eram apenas fragmentos aleatórios: eram como quebra-cabeças e meu cérebro os mandava espalhados; mas, agora, juntando todos eles, tudo começava a fazer sentido. *Minha ligação com aquele relógio não é apenas algo de infância. Ele, de alguma forma, tem tudo a ver com o fato de eu ter chegado até aqui, nesse outro lugar.* Minha cabeça não parava por um só segundo; eu estava muito agitado e quase não percebi quando cheguei à Universidade. Olhei para o muro e notei que tinha um cartaz com a foto do guarda que tinha sumido na outra noite.

PROCURA-SE: LUCAS MILLER. VISTO PELA ÚLTIMA VEZ NA UNIVERSIDADE MICHIGAN, A TRABALHO, NO DIA PRIMEIRO DE ABRIL, ÀS DEZ E MEIA.

Apesar do fato de ele ter sido engolido por uma fissura no meio do nada não ser minha culpa, eu senti como se fosse.

— Foi mal, cara. — Falei, olhando para o cartaz de desaparecido.

Pulei o muro e corri em direção ao relógio. A porta ainda estava arrombada, então só comecei a correr os vários degraus acima. Enquanto subia, olhei o relógio que tinha colocado no pulso e vi que estava marcando onze e dez da noite. Cheguei lá em cima extremamente ansioso, e tinha apenas um pequeno feixe de luz, quase imperceptível, refletindo nos vitrais e flutuando à minha frente. *Tudo bem, talvez eu tenha chegado cedo demais. Das últimas veze, a coisa começou a acontecer de verdade quando já era meia-noite.* Coloquei minhas coisas no chão, de forma organizada e seguindo um padrão de estudos. Abri meus livros e fui anotando no caderno algumas coisas que já tinha separado.

O universo pode ser visto como a fração de um enorme computador quântico.

• Um estudo feito por dois físicos russos diz que o nosso universo é um <u>objeto quântico</u> e deve exibir características

• quânticas, o que levaria à <u>existência de múltiplos universos em interação.</u>

Os dois físicos da Universidade Federal do Báltico Immanuel Kant (IKBFU), têm uma teoria de que estamos vivendo em uma simulação, misturada com a *"teoria de muitos mundos"* (multiversos).

● Como uma minúscula partícula subatômica, nosso universo deveria exibir propriedades quânticas que devem incluir a <u>superposição</u>, ou seja, ele deveria estar em mais de um lugar ou estado em vários pontos diferentes.

● <u>Se o universo é um objeto quântico ele deve interagir com algo, que provavelmente são outros universos.</u>

Comecei a rever todas as anotações e passar para uma folha apenas o que eu havia grifado, organizando as ideias na minha cabeça.

● Túneis no continuum espaço-tempo que sejam transitáveis e tornem possível a *"viagem no tempo"*, ou a passagem para outras dimensões.

● Dimensões espaciais e temporais estão conectadas.

● Um buraco de minhoca nada mais é que o espaço-tempo se dobrando ao redor dele mesmo.

● Nas dimensões de um buraco negro, o tempo parece estar parado em relação à Terra.

● Hipótese de que o Big Bang não teria criado apenas um universo, mas vários.

● Talvez com planetas idênticos à Terra e até sociedades e indivíduos como os existentes em nosso universo.

● Podem existir pessoas idênticas a nós.

● Uma inflação cósmica que criou corpos infinitos, os quais estão espalhados pelo espaço.

- A parte do universo que somos capazes de ver é apenas uma pequena porção onde o processo terminou; e existe muito mais.
- Esses universos são realmente muito parecidos.
- Elimina a separação entre a física quântica e a clássica.
- Ondas gravitacionais, ou no chamado fundo de micro-ondas cósmico.
- Se o universo é um objeto quântico, ele deve interagir com algo, que provavelmente são outros universos.

Repassei tudo rapidamente na minha cabeça e as coisas começaram a fazer cada vez mais sentido. *Todas essas teorias se conectam umas às outras como se fossem apenas uma.* Finalmente, cheguei à conclusão de que o relógio da Universidade Michigan era uma das pontas de um túnel no continuum espaço-tempo. *É claro. Muito provavelmente, de acordo com os meus sonhos e estudos, a outra ponta se encontra em um outro universo, uma realidade completamente diferente, em São Paulo, em alguma parte do espaço e, juntas, essas pontas criam uma ponte entre realidades. De alguma maneira, o resultado da inflação de dois corpos nos multiversos se interligou, o que resultou em um buraco de minhoca que surgiu bem aqui. Isso é diferente de tudo o que os físicos já imaginaram. E se houver outras fissuras como essa?* O túnel se originou de um buraco negro afetado pela crescente expansão do nosso universo que, de alguma forma, permitiu a interação desses dois multiversos, que são parte do grande computador quântico imaginado pelos dois pesquisadores russos. Olhei o relógio e estava marcando onze e meia. A fenda já começava a surgir diante dos meus olhos.

Enquanto eu ia organizando as ideias na minha mente, os sinos da meia-noite começaram a bater. Saí do meu foco por alguns segundos e notei que a fenda já estava praticamente aberta por completo. Em alguns segundos, ela já estava larga o suficiente para que duas pessoas fossem capazes de passar tranquilamente por ela. Me aproximei e mais uma vez pude enxergar aquela mistura de cores fascinantes, e como elas se contorciam lentamente ao redor de si mesmas, confirmando minha teoria de que se tratava de um buraco de minhoca; o que pareciam ser pequenas ondas, nada mais eram que ondas-gravitacionais. Anotei mais algumas coisas e me perdi no horário enquanto criava mais conceitos e teorias.

Já era quase meia-noite e vinte e pensei em amarrar um pequeno fio que estava jogado no chão da torre no arame do meu caderno, jogá-lo dentro da fissura e tentar trazê-lo de volta, para saber como a matéria se comportaria ao entrar em contato com os objetos. Joguei o caderno dentro da fissura e o resultado foi fora do comum. O caderno e metade do fio desapareceram e surgiram novamente de forma gradativa quando os puxei de volta, rapidamente. Ver aquilo foi lindo e ao mesmo tempo assustador. *Dentro da fissura, a matéria é reduzida a átomos e quando trazida para fora retoma sua forma de origem*, concluí.

Capítulo 15

Daquele dia em diante eu ia para o relógio todas as noites, e, durante o dia, me dedicava inteiramente a equações e pesquisas que me ajudassem a entender a formação da matéria e o tempo dos dois lados do buraco de minhoca. Eu quase não saía de casa, o que tornava raro as vezes que eu via a Luiza na rua, deixando os momentos de tristeza e amargura apenas para quando eu a via na faculdade. Todas as vezes que eu tentava me aproximar, ela se juntava a algum grupinho de pessoas e se afastava, o que não era difícil para ela, já que conhecia metade do campus. Fiz amizade com um pessoal da minha turma e almoçava com eles todos os dias, além de ter começado a me encontrar com um professor de física que era perito no estudo de buracos de minhoca e estava me ajudando a confirmar minhas teses e a questão de desencontros entre datas e horários de um multiverso para outro, me ajudando a entender como eu e a Luiza não nos encontramos em algum momento que ela fosse capaz de me reconhecer. Ele obviamente não sabia que meu interesse havia surgido do fato de eu acreditar que estava em uma vida diferente da que eu realmente tinha; eu não contei a ninguém, ou acabaria sendo internado em um hospital psiquiátrico. Além de tudo isso, minhas dores de cabeça estavam cada vez piores; meu nariz começava a sangrar do nada e eu me sentia indisposto e tonto a maior parte do tempo. As minhas *lembranças* estavam mais frequentes e, muitas das vezes, eu nem sequer perdia mais a consciência quando elas me pegavam de surpresa, de forma que eu apenas me desligava e depois voltava à realidade abruptamente.

Chegado o dia da minha mãe voltar de viagem, mandei mensagem para o Dylan perguntando se ele poderia ir comigo buscá-la no aeroporto.

Vou contigo sim, mano. Tô indo aí. Vamos com o seu carro.

Ok.

Durante o caminho, o Dylan estava muito quieto e ficava toda hora batendo o dedo no apoio de braço do carro.

— Você quer dizer alguma coisa? — Perguntei, sem tirar os olhos da estrada.

— Quero. – Ele se virou e me olhou. — Ontem à noite, a Emilly apareceu lá na casa do Jimmy.

— Merda.

— Pois é, cara. Ela não parava de chorar e contou a nós tudo o que aconteceu. O Jimmy está arrasado agora que descobriu que você sabe da traição.

— E o que ele disse?

— Ele brigou comigo, primeiramente; me culpando por ter te contado quando descobri. Mas eu disse umas verdades para ele; até porque, se fosse ao contrário, eu contaria para ele também.

— E depois?

— Depois ele ficou dizendo como ele era um merda. Só não foi na sua casa porque eu não deixei.

— E a Emilly? O que ela fez?

— Nada de mais. Ele a fez parar de chorar e depois a levou para casa. Por mim aquela garota poderia desidratar. Eu tenho certeza que era tudo fingimento.

— Você nunca gostou muito dela, né?

—Não mesmo. Além de ela ter atrapalhado nossa união de grupo fechado de amigos, ela sempre afastava todos os garotos de quem eu gostava, tirando sarro deles quando estavam comigo. Ela é cruel. — Ele abriu um sorriso. — Além disso, você sabe que eu gosto mais da Luiza.

Dei um sorriso e o mandei ficar quieto.

Chegamos ao aeroporto e ficamos esperando a minha mãe por alguns minutos. Começaram a sair algumas pessoas do desembarque, até ela surgir em meio à multidão, com um sorriso no rosto.

— Filho, que saudade! — Ela estava alegre e me deu um abraço forte, que só uma mãe sabe dar. Depois, se virou: — Dylan, me dá um abraço aqui. Que saudade de você, meu amor.

No caminho para casa minha mãe contou o quão boa foi a viagem, apesar de ter havido o enterro da vovó um tempo atrás e de ela ter perdido, assim fazendo com que a mamãe ficasse os três primeiros dias chorando com o meu avô. As minhas tias estavam todas juntas lá, o que não acontecia havia alguns anos, e dava para ver a felicidade estampada no rosto dela. Isso era contagiante; ver a minha mãe bem não tinha preço.

Chegamos em casa e o Dylan também entrou. Minha mãe subiu para arrumar as coisas dela e eu fui com o Dylan para a cozinha fazer o almoço. Quando já estava tudo posto sobre a mesa minha mãe desceu para comer. Meu pai estava trabalhando e só iria chegar tarde da noite.

Começamos a comer e meu celular vibrou.

A gente precisa conversar.

Era o James.

Passado é passado.

Por que você nunca me disse nada? Foi por isso que você se afastou tanto de mim?

Sim, foi por isso.

Não valia a pena discutir sobre aquilo antes e não vale a pena agora. Esquece, Jimmy. Já passou.

Tudo bem. Foi mal, cara. Eu não queria fazer aquilo contigo.

Mas fez, e agora isso já não importa mais. Relaxa.

Coloquei o celular de lado e continuei comendo. Minha mãe olhou para o Dylan de esguelha e depois para mim. Coloquei o garfo em cima do prato, me encostei na cadeira e olhei para ela enquanto terminava de mastigar.

— O que foi, dona Stella?

Dylan ergueu o olhar da comida dele, mastigando devagar e tentando disfarçar. Eles se olharam discretamente, mas eu percebi.

— O que foi, gente? Vocês podem parar de agir assim, por favor?

Minha mãe terminou de comer e foi até a pia com o prato dela. Enquanto lavava a pequena quantidade de louça, ela começou a falar:

— Ontem, perto da uma da manhã, seu pai me ligou. Ele está preocupado. Há dias que ele tem te escutado sair sempre no mesmo horário, sem avisar ninguém, e voltar só de madrugada.

Droga, pensei.

— Ele ligou para o Dylan também, mas seu amigo não soube dizer onde você estava. — Olhei para o Dylan e ele deu um sorrisinho sem graça. — Tem alguma coisa acontecendo, filho? — Ela virou para me olhar, secando as mãos no pano de prato.

— Eu estou fazendo alguns estudos e pesquisas relacionadas à faculdade e tenho que observar o céu à noite. Eu nem me preocupei em dizer nada, não sei porquê. Desculpa. Não queria assustar vocês.

Eu queria contar sobre tudo o que eu havia descoberto, mas ninguém iria acreditar.

— Tudo bem, filho. Além disso, seu pai me contou que você tem estudado além da conta ultimamente, não tem comido e nem dormido direito. Não me diga que você tem mergulhado nos livros por causa de uma certa garota, Pietro. — Eu ficava impressionado com a capacidade da minha mãe de perceber tudo o que eu sentia por dentro.

O Dylan também me conhecia bem o suficiente para saber que a minha mãe estava certa, e que iríamos ter uma conversa séria agora.

— Cara, acho que já está na minha hora. A gente se fala mais tarde. Tchau, tia Stella. — Ele me cumprimentou e deu um beijo no rosto da minha mãe.

Eu sabia que seria uma conversa difícil para mim e comecei a tirar as coisas de cima da mesa e a secar a louça enquanto minha mãe terminava de lavar, para disfarçar a ansiedade.

— Você sabe que nós nunca tivemos segredos um com o outro.

Eu amava tanto a minha mãe que nem cabia no peito. Ela sempre me compreendia mais que qualquer outra pessoa.

— Sabe, mamãe, tudo isso que está acontecendo nos últimos dias… foram tantas coisas; boas e ruins. Às vezes parece que o que realmente vai me matar é o meu psicológico, e não um quadro clínico. — Terminamos de lavar e secar a louça e sentamos à mesa, com ela colocando os braços ao redor do meu pescoço. — Em dias o meu mundo desabou e depois foi reconstruído pela garota mais linda do universo. A cada sorriso e a cada olhar, ela era capaz de juntar cada caquinho aqui dentro. — Coloquei a mão no rosto e encostei a cabeça no peito dela. — Eu só penso nela, mãe, dia e noite, e eu não sei como reagir se ela não voltar para mim. — A cada palavra que saía da minha boca, era uma lágrima que rolava em meus olhos.

— Agora eu finalmente percebi o quanto você cresceu. — Ela estava acariciando meu cabelo. — Quando estamos crescendo, é normal que os nossos corações se quebrem algumas vezes; faz parte da nossa formação como pessoa. Hoje você não entende, mas amanhã será mais forte. Quanto à Luiza, você deveria deixar o seu orgulho de lado e não permitir que ela vá embora da sua vida. No mundo de hoje, são raras as conexões sinceras. Não a deixe escapar.

Eram três horas da tarde, como de costume minha cabeça estava doendo de um jeito absurdo. Decidi ir para o quarto descansar um pouco. Passei a mão no rosto e, quando a olhei, vi que tinha sangue em meus dedos. Corri para o banheiro do meu quarto e olhei no espelho. Era um sangue de cor muito escura, mas eu não queria preocupar ninguém, então simplesmente limpei e fui deitar.

Acordei com a minha mãe me gritando.

— Pietro, levanta dessa cama e desce!!! — Acordar daquele jeito me deixou de mau humor . — Tem um amigo seu aqui. Vem logo.

Desci até a sala, enquanto colocava uma blusa de frio, para ver de quem se tratava.

— Josh?! O que você está fazendo aqui? — Minha mãe me olhou de cara feia, pois meu tom foi rude, e depois subiu para o quarto dela.

— E ai, cara. Desculpe vir assim de surpresa, mas a gente precisa conversar. Imagino que você saiba qual é o assunto.

— Tudo bem. Vamos lá em cima.

Entramos no quarto e eu fechei a porta.

— Pode sentar aí na cama.

— Primeiro eu gostaria de te dizer que eu e a Luiza não temos nada um com o outro…

— Você não me deve satisfação, Josh. Eu não sou nada dela.

— Cala a boca e me escuta. — Aquilo me deu uma pontada de irritação. *Já não basta vir à minha casa e me acordar, ainda quer ser grosso comigo.* — Nós somos melhores amigos desde a infância. O pai dela era melhor amigo do meu, então, consequentemente, crescemos juntos. Eu a apoiei demais quando o pai dela morreu e a mãe não parava em casa, tentando se distrair com o trabalho. Não há chance alguma de um dia a gente ter alguma coisa. Zero mesmo, e não só por sermos praticamente irmãos; quer saber o verdadeiro motivo?

— Hum.

— Eu sou gay, cara.

Olhei para ele estupidamente surpreso.

— Você... *você* é gay? Mas como isso é possível? Eu vi o jeito que você encostou nela e, naquela festa, você estava beijando uma garota. Na hora, eu não te conhecia, mas vi quando chegamos na sua casa.

— Eu não encostei nela de jeito nenhum, Pietro. Isso foi coisa da sua mente apaixonada com ciúmes do melhor amigo da garota que você está a fim. Típico de héteros. E sobre a garota na festa, bem, digamos que minha opção sexual não é conhecida por muitos. É complicado. Só a Luiza e a minha mãe sabem, e agora você. — Ele deu um sorriso sincero para mim. — Eu às vezes fico com garotas em público por medo do que as pessoas vão pensar de mim caso eu assuma quem sou de verdade. A Luiza sente vontade de me matar por isso e eu realmente me sinto mal e não tenho orgulho dessa atitude. Mas, enfim, o foco aqui não sou eu. Você precisa entender a Lu, tá bom?! Não a culpe. Ela passou por muita coisa e nunca conseguiu ser feliz para valer com alguém. O idiota do meu primo a convenceu de   que ela não merece ser amada, apesar de todos os meus esforços para convencê-la do contrário; e agora os seus.

— Olha, Josh, eu sei que a gente não começou bem, e eu ainda acho você meio folgado, mas, cara, não deixe de ser quem você é por medo do que vão pensar. Você é melhor que isso e não deve nada para as outras pessoas. Você tem que ser feliz. E eu definitivamente não a estou culpando por nada. Antes, eu estava, mas, agora, não, até porque eu também tenho muita responsabilidade nisso tudo e todas as coisas que eu cobrei dela eram coisas que eu também estava fazendo. — Sentei ao lado dele na cama. — Eu apenas sinto muito a falta dela; mais do que eu gostaria.

— Ótimo. Eu estava com medo do que você iria dizer, porque ela também está sentindo muito a sua falta. No dia em que aconteceu tudo aquilo ela chorou demais, de um jeito que me preocupou muito. Talvez ela ainda demore um pouco para aceitar as coisas que sente, mas eu acho que, em algum momento, ela vai ceder. Não se preocupe.

Quando o Josh foi embora, já era noite. Peguei meu celular e mandei mensagem para a Luiza.

Hey, a gente pode conversar?

Mal terminei de enviar a mensagem e ouvi alguém gritar meu nome na entrada de casa.

—Ninguém vai me deixar em paz hoje, não?! — Falei, comigo mesmo.

Desci correndo, para não correr o risco de a campainha acordar a minha mãe e meu pai, que havia chegado fazia pouco tempo e estava extremamente cansado. Abri a porta e todas as palavras fugiram da minha boca.

—Eu sei que você provavelmente não quer conversar comigo. Minha cabeça não para por um segundo e eu vim aqui sem pensar nas consequências. — Ela estava de cabeça baixa e eu tinha que fazer um pouco de esforço para conseguir ouvir sua voz — Eu vim te entregar isso.

Ela me olhou com os olhos pequenos. As maçãs de seu rosto estavam avermelhadas, por conta do frio que estava fazendo, de um jeito que a deixava mais linda do que já era. Peguei o pequeno papel que estava na palma da mão dela e fiquei segurando enquanto a olhava. *Fala alguma coisa, idiota*, pensei, mas nenhuma palavra saiu da minha boca.

—É só isso.

Ela se virou rapidamente e começou a correr. Coloquei o papel no bolso da jaqueta e comecei a correr atrás dela.

—Luiza, espera, por favor!

A alcancei e a puxei para perto de mim, passando meus braços ao redor de seus ombros, de forma que sua cabeça ficasse encostada no meu peito. Apoiei minha testa no topo da cabeça dela.

— É claro que eu quero conversar com você. Eu nunca quis tanto alguma coisa na minha vida quanto quero estar perto de você. Me desculpa por não ter dito nada. Me desculpa por tudo o que eu fiz. Você merece mais e eu quero te dar mais. Você merece todo o amor do mundo e ser amada com sinceridade. Eu te amo e quero te fazer ver a mulher incrível que você é, porque você precisa notar como você é sensacional e começar a se amar, porque além de tudo isso, o seu amor é o mais lindo que eu já vi.

Coloquei minha mão em seu queixo e a olhei. Sequei suas lágrimas com a manga da jaqueta e ela sorriu.

— Obrigada por ser tão bom para mim. Eu te amo.

Ela me abraçou de um jeito que fez parecer que nunca mais ia soltar.

Senti uma gota de chuva no meu ombro, depois outra, mais outra e, do nada, estávamos embaixo de um temporal, mas não saímos do lugar, apenas ficamos ali enquanto chovia cada vez mais. Nossos corpos já estavam encharcados, e eu só conseguia me concentrar no rosto dela; era a coisa mais bela que eu já tinha visto.

— Você é tão linda!

Ela começou a rir, e me deu um empurrãozinho de leve.

— Para com isso.

Coloquei meus braços em volta da cintura dela, e ela colocou seus braços ao redor do meu pescoço.

— Imagine que no mundo todo sobrou apenas eu e você, e que agora está tocando a nossa música.

Ela começou a cantar "If I Knew" enquanto dançávamos. Era a coisa mais linda que eu já tinha escutado.

A chuva continuava forte e nós não nos afastamos um do outro. Bem ali eu tive a certeza, mais uma vez, de que a Luiza era a mulher da minha vida.

Capítulo 16

Voltamos para a minha casa, que era a mais perto do lugar onde estávamos. Minha mãe estava descendo as escadas no momento em que entramos.

— Meu Deus! Onde vocês estavam? Pietro, eu achei que você estava no seu quarto.

—Olá, Sra. Evans. — A Luz sorriu e acenou com a mão.

— Oi, mãe. Desculpa, aconteceram umas coisas e nós estávamos conversando lá fora, quando, de repente, começou a chover.

— Você vai direto para o chuveiro. Luiza, você pode tomar banho no meu quarto, e eu te empresto algum dos meus pijamas, se não se importar. E telefone para sua mãe, diga que você ficará aqui até essa tempestade passar.

Confesso que fiquei feliz em saber que a Luiza iria ficar na minha casa; por mim, a chuva não precisava parar mais.

— Eu não quero incomodar, Sra. Evans. Posso pedir para a minha mãe vir me buscar.

— Para, Luiza, escuta a minha mãe. Eu sei que você não gosta de tomar banho, mas vai ficar doente se continuar com essa roupa. — Falei, alegre, como há muito tempo eu não me sentia.

Ela me deu um tapa no braço, rindo.

— Não é incômodo algum. E pode me chamar de Stella. Agora vamos, vou pegar um dos meus pijamas para você.

— Tá bom, vocês venceram. Porém, eu deixei meu celular em casa, posso usar o telefone de vocês para falar com a minha mãe?

Ela falou com a mãe dela e subimos para o segundo andar, onde ela foi com a minha mãe e eu entrei no meu quarto.

A chuva ainda não havia dado trégua, e não tinha nenhum sinal de que iria parar, o que era a melhor notícia para mim.

Desliguei o chuveiro e fui arrumar o cabelo; olhei no espelho e notei uma pequena elevação na minha testa, como um pequeno caroço. Toquei e a dor foi imensa. *Deve ser algum hematoma do dia em que bati a cabeça*, pensei, ignorando o fato de que isso já fazia semanas. Coloquei uma roupa legal e quente. Desci até a cozinha e o jantar já estava pronto.

— Nossa, se arrumou todo assim para o jantar? — Minha mãe me olhou de canto e deu uma risadinha.

— Para, mãe, eu nem me arrumei tanto.

A Luz entrou na cozinha e estava nitidamente com vergonha de ter que ficar na minha casa. Ela tentava disfarçar, mexendo no cabelo, e eu a admirei de longe. O cabelo dela estava molhado e ela estava usando uma calça moletom cinza e uma camiseta preta da minha mãe.

— Eu fico feliz que vocês tenham se acertado, e espero que agora se assumam de vez. — Era raro minha mãe gostar de alguma garota com quem eu estivesse saindo, mas ela gostava da Luiza, e isso significava muito para mim. — Agora vamos jantar, antes que a comida esfrie.

Meu pai chegou assim que minha mãe colocou o frango à parmegiana sobre a mesa, e comemos todos juntos. Fazia tempo que eu não ficava bem como naquela noite. Na hora de tirar a mesa e lavar os pratos, consegui ouvir minha mãe falar com a Luiza. As duas estavam na sala e eu e o meu pai estávamos cuidando das coisas na cozinha.

— Luiza, a chuva não vai parar, passe a noite aqui, você pode dormir no quarto de hóspedes. — Parecia um verdadeiro dilúvio lá fora. — Eu não aceito não como resposta. Ligue para a sua mãe e avise, seria perigoso ela vir te buscar nessa chuva.

— Eu não quero incomodar vocês…

— Não é um problema ter você aqui conosco, Luiza. — Meu pai gritou da cozinha.

Olhei para trás e percebi que ela estava vermelha, mas não disse nada, apenas fiquei olhando e sorrindo, enquanto ela olhava para mim com aquela cara de quem ia me matar. Terminei de lavar a louça e arrumar a mesa e fui para a sala assistir a um programa de dança que meus pais sempre assistiam juntos. A Luz estava sentada do outro lado, na poltrona, e parecia estar mais confortável em meio à minha família, como se já fizesse parte dela.

O programa acabou e meus pais subiram com a gente logo atrás. Ficamos um tempo juntos, abraçados, olhando pela janela do meu quarto enquanto a chuva caía. Eu poderia reviver aquele momento para sempre.

— Vem, vamos descer para a sala e ver um filme. — Peguei ela pela mão e comecei a sair do quarto.

— Não, Pietro, os seus pais podem não gostar. — Ela disse, enquanto me puxava de volta.

— Para com isso, os meus pais são legais e, além disso, nós iremos apenas assistir a um filme. A gente faz pipoca e tudo mais.

A puxei pelos braços delicadamente para que fôssemos até a sala.

— Mas quem vai escolher o filme sou eu. Enquanto isso vai pegar a pipoca. — Ela sentou no sofá com o controle da televisão em mãos e sorriu para mim.

— Ah, tudo bem então, Srta. Mandona.

Peguei um dos sacos de pipoca de microondas e coloquei para estourar. Depois de pronta, a coloquei em um pote e fui até o sofá.

— Então, a qual filme vamos assistir?

— Eu escolhi um clássico. Gladiador. Não vem com seus filmes românticos, não, Pietro.

— Dessa vez eu deixo passar, mas só porque você é minha convidada de honra.

O sofá era um sofá-cama. Eu o abri e nós esticamos as pernas.

Na última cena do filme percebi que ela não parava de passar a mão no rosto, então virei e a olhei.

— Eu não acredito que você está chorando com um filme desse. — Falei, rindo.

— Você sabe que eu sou emotiva. Além disso, eu não tenho culpa se você não tem sentimentos; esse final é de acabar com qualquer um.

O filme terminou e ficamos conversando no sofá até eu me dar conta de que ela tinha adormecido no meu peito; aquilo fez eu me sentir estranhamente feliz. Era como se eu fosse o refúgio dela, e ela o meu. Ela era tão forte e tão delicada ao mesmo tempo. Eu admirava a sua independência e a forma com que ela não precisava de absolutamente ninguém, só dela mesma. Acabei adormecendo também.

No meio da noite, eu acordei e fui até o banheiro, tomando cuidado para não acordar a Luiza. Minha cabeça estava doendo mais que o normal e eu estava com ânsia. *Caramba, que dor insuportável.* Encostei a porta e me apoiei na pia. Senti algo quente escorrendo do meu nariz e, quando olhei no espelho, vi que ele estava sangrando. Abaixei para pegar um pedaço de papel para limpar o sangue e me perdi na realidade, com uma das minhas lembranças me atingindo em cheio.

Era um dia de sol e estava muito quente. Conseguia ouvir o som de pássaros ao meu redor e havia muitas pessoas comigo, mas elas pareciam distantes. Apesar de parecer um dia feliz, eu sentia como se fosse o fim do mundo para mim. Na minha frente estava o caixão do meu pai. Tinha muitas flores e alguém estava me incentivando a ir colocar uma antes que o baixassem para debaixo da terra. Minha tia estava do meu lado, empurrando meu ombro delicadamente na direção do caixão. Eu não conseguia me mover, então ela pegou na minha mão e andou comigo. As lágrimas escorriam pelo seu rosto, mas eu não conseguia chorar, não mais. Coloquei a rosa branca na tampa do caixão e, de repente, caí de joelhos, com as mãos na madeira quente e reluzente; eu não queria deixá-lo ir, não completamente, e ainda assim eu simplesmente não conseguia chorar.

Fui voltando a mim mesmo, devagar, com a vista embaçada e o nariz sujo de sangue seco. Me levantei usando a pia como apoio e lavei o rosto, ainda tonto. Voltei para a sala e a Luiza estava acordando, passando a mão nos olhos.

— Ei, está tudo bem?

— Sim. Só precisei ir ao banheiro, não se preocupa.

— Olha, está nevando. — Ela apontou para a janela, enquanto eu sentava ao seu lado. — Não, mocinho, pode se levantar. Vai lá em cima e pega mais duas blusas para a gente.

— O quê? Por quê? — Minha cabeça ainda estava doendo e eu estava um pouco desnorteado.

— Só me obedeça!

Levantei e fui até o meu quarto, voltando com duas blusas de frio. Ela vestiu uma e me mandou vestir a outra; depois, segurou a minha mão e pediu a chave da porta. Tentei fazê-la falar o que estava pensando, mas não consegui. Saímos para o banco de madeira da minha varanda; ele era envernizado e tinha almofadas beges no encosto. Meus pais o fizeram quando eu era criança.

— O que você tem em mente, Luiza? Olha que horas são.

— Fica quieto. Olha como está lindo aqui fora.

Olhei ao redor e era um cena linda. Ela me puxou pela mão e nos sentamos. Em seguida, se aninhou mais uma vez em meus braços e ficamos olhando a neve cair.

— E se eu te disser que existem outros universos? Iguais a esse em vários quesitos, menos no quesito "a minha vida"? — Perguntei, enquanto apoiava o queixo no topo da cabeça dela.

— Um universo paralelo onde você tem outra vida?

— Exatamente.

— Primeiro, eu iria achar que você está louco, apesar de ser uma teoria muito estudada por grandes físicos.

— Por que *louco*?

— Ah, não sei… isso parece meio surreal. Mas seria algo interessante. Por quê? Você por acaso descobriu um multiverso? — Ela me olhou, com um sorrisinho.

— Não, não é nada. Foi só um pensamento aleatório.

Capítulo 17

Acordei com a luz do nascer do sol batendo em meu rosto. Olhei para o lado e vi a Luiza dormindo, apoiada no meu peito. A luz alaranjada da manhã fazia seu rosto se parecer com uma pintura. Era a coisa mais linda que eu já tinha visto. Fiquei a admirando e ela abriu os olhos, devagar.

— Vai ficar me encarando assim até quando? É assustador.

Comecei a rir e coloquei o seu cabelo atrás da orelha, de um jeito que a deixava muito meiga, falando:

— Você vai se casar comigo algum dia?

— Opa, garotão, calma aí, tem muita coisa antes disso, sabia?! — Ela me deu um soco de leve no peito.

— Tudo bem. Já que você insiste em seguir tanta burocracia, você quer ser *oficialmente* a minha namorada?

Ela estendeu os braços para frente, como se estivesse vendo uma manchete de jornal, e anunciou:

— *A namorada de Pietro Evans!* — Olhou para mim seriamente e deu de ombros. — É, até que não soa tão ruim. Mas com certeza ser o *meu* namorado é bem melhor.

— Muito engraçadinha. — A puxei para mais perto e comecei a fazer cócegas em sua barriga. – Isso é um sim?

— Sim, sim, sim. — Ela gritou em resposta, em meio à risada escandalosa e ofegante.

Paramos quando ouvi a porta da frente de casa abrir.

— O que vocês dois estão fazendo aqui fora nesse frio? Faz quanto tempo que estão aqui?

Pensei em dizer a verdade, mas minha mãe ia surtar.

— Faz um tempinho, mãe, nada de mais. Aliás, bom dia.

— Bom dia, Stella. — A Luiza sorriu para ela, daquele jeito que ela fazia quando queria mudar um assunto rapidamente. – Que horas são?

— Agora são exatamente sete e quinze da manhã. Estou indo comprar pão. É melhor vocês levantarem logo, ou vão se atrasar para a faculdade.

Abri os braços e olhei para o céu, de forma dramática, gritando:

— Oh, céus, será que eu nunca terei um dia de paz nessa Terra?

As duas começaram a rir e minha mãe deu um tapa de leve na minha cabeça.

— Você tem mais paz do que pensa, *menininho*. — Isso me fez me lembrar de um dos "sonhos" que tive, e fiquei sério de repente. — O que foi, meu amor?

— Nada. O Dr Phillip não ligou esses dias, mãe? Eu tenho tido umas dores de cabeça meio fortes ultimamente.

— Sério, filho? E por que você não disse nada?

— Eu esqueci. Desculpa. Andei meio ocupado, sabe?!

— Ele ligou ontem, para falar a verdade; quer ver você amanhã. Mas depois a gente fala disso, eu tenho que ir comprar logo o pão antes que seu pai acorde. Hoje é nosso aniversário de casamento, vamos jantar fora. — Ela deu um sorriso ao falar essa última parte e começou a ir para o carro.

Eu e a Luiza entramos, levando os cobertores que ela pegou noite passada. Enquanto minha mãe não chegava, eu fiquei ocupado metade do tempo tentando convencer a Luiza de que eu estava bem e a outra metade olhando os meus estudos do espaço-tempo enquanto ela tomava banho.

— Vai ter que ir à sua casa pegar roupa ou quer uma da minha mãe? — Perguntei, batendo na porta do banheiro um pouco antes de ela sair do chuveiro.

— Sua mãe colocou a minha para secar ontem, vou colocá-la e depois passar em casa, antes da aula.

Fazia tempo que eu não ia até o relógio e, enquanto me trocava, decidi que iria novamente naquela noite. Coloquei uma calça de moletom esportiva preta com uma listra branca do lado, uma camiseta preta básica e meu moletom rosa da NBA.

Depois de algum tempo, minha mãe chegou e gritou do pé da escada para a gente descer para comer. Fui até o quarto de hóspedes e bati na porta.

— Pode entrar. — Ouvi a Luiza dizer.

Entrei e ela estava sentada na cama secando o cabelo com uma toalha amarela. Fiquei um tempo a olhando, encostado na porta.

— O que foi? — Ela sorriu para mim, enquanto secava as pontas do cabelo castanho-claro.

— Nada… eu só gosto de te olhar.

Fui até a cama e dei um beijo nela. A ajudei a secar e pentear o cabelo e, depois, descemos para tomar café.

– Vocês dois vão se atrasar. – Minha mãe disse, enquanto íamos sentando à mesa. – Tomem cuidado com o carro no caminho; nevou muito e vocês podem acabar ficando presos.

Terminamos de tomar café e, antes de levantar da mesa, eu olhei para os meus pais e disse, em tom de anúncio:

– Mãe, pai, eu tenho algo importante a dizer. – Olhei para a Luiza e ela começou a rir, colocando a mão no rosto para disfarçar a vergonha. – Ontem eu pedi a Luiza em casamento… – Fiz uma pausa dramática e, nesse momento, minha mãe ficou de boca aberta, com uma expressão confusa; meu pai engasgou por um segundo com seu último pedaço de torrada; e eu continuei: – Mas ela não aceitou, então decidimos começar com um namoro.

A Luiza estava rindo descontroladamente agora e eu comecei a rir junto. Meu pai jogou a caneta que estava usando no seu caça-palavras em mim e minha mãe segurou a mão da Luiza, toda sorridente.

— Vocês dois são incríveis juntos. Eu estou muito feliz que as coisas estão finalmente dando certo.

— Pois é, Stella, parece que o Pietro ainda tem um pouco de juízo e sabe que não pode viver sem mim.

— Parabéns, filhão, você puxou o papai no bom gosto.

Terminamos de comer e dei um beijo na minha mãe e no meu pai. Depois, fui pegar a chave do carro. Ouvi a Luiza agradecer por terem permitido que ela passasse a noite lá em casa e pedindo desculpa pelo incômodo mais uma vez.

— Você nunca seria um incômodo para nós, Lu. — Meu pai respondeu, novamente, e minha mãe a abraçou.

Saímos de casa e estava um frio de outro mundo. O vento era cortante e a neve caía pesadamente. Andamos rapidamente até o carro e liguei o ar quente do lado de dentro.

Quando chegamos na casa da Luz, a mãe dela já tinha saído para trabalhar. Ela era uma mulher muito ocupada; e apesar de ter se tornado um pouco ausente na vida da filha por conta do trabalho, era uma mulher admirável. Ela trabalhava em uma empresa de publicidade, onde era a coordenadora chefe e CEO.

Fiquei sentado no sofá enquanto a Luz subia para trocar de roupa. Ela foi rápida, pois estávamos atrasados. Colocou um de seus vestidos básicos, bege, que eu amava; um tênis quase da mesma cor, apenas um pouco mais escuro; meia calça do mesmo tom da sua pele; e, por cima, um sobretudo preto.

—É impressionante como você consegue ser linda de qualquer jeito. Tudo fica bem em você.

Eram oito e quinze da manhã quando nós chegamos na faculdade. A aula havia começado fazia quinze minutos. O imenso jardim da Universidade estava tomado pela neve, o que deixava o ambiente mais apaixonante do que já era.

—Beijo, meu amor, tenha uma boa aula. Na hora do almoço a gente se fala. — A Luz se despediu de mim, indo para a sala de aula dela.

Capítulo 18

O tema era a "Teoria do Big Bang" e quem dava a aula era o Prof. Ricon, o mesmo professor que estava me ajudando com a teoria de tempo nos multiversos. Ao fim da aula ele me pediu para ficar mais um pouco, para poder olhar como estava o avanço do meu projeto.

— Você vem com a gente, Pietro? — Era Amaya Payne, uma das alunas do grupo com o qual eu estava almoçando na última semana.

— Não, Amaya, podem ir. Depois a gente se fala.

Fui até a mesa do professor e começamos a revisar algumas equações e artigos que ele havia estudado e que estava me passando; equações e artigos que eu iria confirmar naquela mesma noite.

— Falando nisso, como vai a resolução daquela equação que eu passei para você semana passada?

— Ah, sim, terminei ontem. Três dias tentando e finalmente consegui. – Peguei a folha na minha mochila e entreguei a ele. — Está correto?

Ele ficou olhando a folha por mais tempo do que seria necessário. Comecei a ficar ansioso.

— Professor?

— Pietro, eu vou ser sincero com você. — Ele levantou os olhos para mim, tirando os óculos. — Eu nunca soube a resposta dessa equação.

— Como assim? — Perguntei, franzindo a testa.

— A única pessoa que sabe a resposta dessa equação é um professor que foi forçado a se aposentar há trinta anos. Russel Magnus. — Ele colocou o óculos em cima da mesa e andou até a janela. Fiquei olhando para as suas costas. — Ele me deu aula quando *eu* ainda era um universitário aqui.

— E por que ele foi forçado a se aposentar?

— Ele era um dos melhores professores dessa Universidade; perito em teoria de multiversos e espaço-tempo. Ganhou diversos prêmios e medalhas. Era aclamado no mundo todo... — Sua expressão se tornou a de uma pessoa chateada. — Então, do nada, ele sumiu por mais de dois meses e depois voltou por alguns dias dizendo que teve um "imprevisto pessoal" e não pôde avisar. Como era respeitado por todo mundo, as pessoas aceitaram essa desculpa. Mas seus desaparecimentos se tornaram cada vez mais constantes. Ninguém sabia para onde ele ia, e isso não importava, contanto que ele continuasse voltando com ideias e teorias geniais e fora do comum. Só que, apesar de tudo, eu sabia que algo não estava normal. Ele havia se tornado outro alguém.

— Como assim?

— Quando ele voltou definitivamente para a cidade, estava dizendo que sua filha havia desaparecido, mas ele nunca teve sequer um cachorro, que dirá uma filha. Começou a dizer que precisava voltar no tempo e que tinha que descobrir como a salvar. Dizia que não havia descoberto o segredo do tempo *ainda*, mas que ele iria conseguir. "Não sei por que eu tive que descobrir aquele maldito relógio", era a única coisa que ele dizia quando alguém perguntava para onde ele tinha que voltar. Um pouco antes de o forçarem a se aposentar por insanidade mental, ele apareceu na minha casa contando uma história louca e no final ele apenas implorou para que eu tentasse salvar sua menina. "Eu não tenho mais tempo, mas você tem. Salve-a, por favor. Se você conseguir achar o resultado da minha equação, saberei que é capaz de me ajudar. Por favor   ". Liguei para o hospital psiquiátrico e vieram buscá-lo. No começo eu fiquei assustado, mas depois resolvi tentar dar uma chance a ele. Sem obter sucesso eu desisti de tentar achar o resultado. Ele era louco, só isso. — Ao dizer essa última parte, ele soou ressentido.

Aquele maldito relógio..., pensei comigo mesmo.

— Para onde o levaram? – Perguntei.

— WMed Clínica Psiquiatra.

Me esforcei para tentar controlar meus nervos e minha ansiedade.

— Fica apenas a algumas horas daqui. Poderíamos ir até lá conversar com ele e mostrar a equação. Só para ver o que acontece. O que acha?

— Eu acho uma ótima ideia.

— Por que você não levou a equação até ele antes?

— Eu tentei, uma vez, mas ele não quis me receber. Disse aos médicos que não me conhecia.

Terminei de conversar com o Ricon, saí da sala e comecei a andar em direção ao relógio. A Luiza estava me esperando na porta de acesso à escada e parecia furiosa.

— Onde você se meteu? Estou te esperando aqui já faz mais de vinte minutos, Pietro.

— Desculpa, meu bem. Eu estava conversando com o professor Ricon sobre o meu projeto. Ele está me ajudando a colocar as coisas em ordem.

Chegamos lá em cima e ela esticou no chão uma toalha de piquenique xadrez, vermelha, azul e branca, que havia pegado na casa dela. Começamos a comer e a conversar.

—— Eu sei que sua mãe é dentista e que tem o próprio consultório, por isso é mais fácil vê-la no dia a dia, mas o seu pai sempre está trabalhando e você nunca me disse o que ele faz. —— Ela colocou um pedaço de tomate na boca.

—— Meu pai é advogado. Ele está cuidando de um caso importante no momento, eu acho, não tenho certeza. Mas desde que eu sou pequeno e chegamos aqui sempre foi assim.

—— Como assim, "desde que chegamos aqui"?

—— Eu nasci no Brasil. Meu pai também é brasileiro, mas minha mãe é daqui mesmo. Eles se conheceram em uma viagem que minha mãe fez para lá e ela resolveu ficar com ele na cidade natal dele depois que se casaram. Viemos para cá quando eu tinha quatro anos. Minha mãe perdeu um bebê depois de mim e não aguentava ficar em casa, com o quarto do neném vazio; coincidentemente meu pai recebeu uma proposta de um caso grande aqui, então viemos. No Brasil, eu me lembro dele trabalhar menos, mas aqui sempre foi assim. Acho que foi a maneira dele de lidar com a perda de um filho, e acabou se acostumando com o ritmo.

—— Você era tão pequeno. Como se lembra disso tudo?

—— Boa pergunta.

Eu não sabia como conseguia me lembrar de tanta coisa às vezes, sendo que na maioria dos dias minha cabeça parecia ter excluído tudo da minha infância. Era como se, em momentos oportunos, minha mente simplesmente criasse explicações e lembranças do nada.

—— Então, "Evans" é sobrenome por parte da sua mãe... e por parte do seu pai?

—— Marques. Mas eu nunca uso esse. —— Comecei a rir da expressão que ela fez e quase engasguei. —— O que foi? — – Perguntei, tossindo.

Ela começou a rir e a bater nas minhas costas para me ajudar a desengasgar, enquanto dizia:

—— É um sobrenome lindo, acho que você deveria usar mais.

Terminamos de comer e voltamos para o último período de aulas. Ao fim do dia fui até a sala do professor Ricon e combinei de me encontrar com ele na avenida principal depois do meu médico, no outro dia, para irmos até o hospital psiquiátrico visitar o Magnus.

Encontrei a Luiza no estacionamento, ao lado do carro. Passamos na sorveteria e depois eu a deixei em casa, me despedindo com um abraço apertado.

—— Quando você vai entrar para jantar comigo e com a minha mãe? Você nunca ficou lá dentro mais de cinco minutos. —— Ela ficou me olhando com a cabeça esticada para cima, já que era mais baixa, ainda abraçada comigo, e fez beicinho.

Hesitei por um instante e depois tive uma ideia. Respondi, sorrindo:

—— Agora.

—— O quê? Agora? Tipo, nesse instante mesmo? —— Ela se afastou segurando minhas mãos e sorrindo, mas um pouco confusa.

——É. O que tem? Vamos lá! —— Dei de ombros e comecei a puxá-la para a porta da casa.

Ela abriu um sorriso largo e seus olhos estavam brilhando.

—— Você é maluco. Deixa eu entrar primeiro para ver se a minha mãe não está de toalha, ou sei lá.

Ela entrou na frente, gritou para a mãe que eu estava entrando e me puxou para dentro. A casa dela tinha uma luz neutra, baixa e meio alaranjada, que deixava o ambiente com um toque de restaurante chique e caro. A escada para o andar de cima ficava de frente para a porta de entrada e dava para ver os quartos ao final dela, já que o andar se abria bem acima

de nós. A cozinha ficava à esquerda, com uma porta divisória
que dava acesso a ela. A sala era à direita, ampla e espaçosa,
com uma televisão, uma mesa de centro, um sofá preto e uma
linda lareira de tijolos vermelhos. Também tinha um banheiro
no andar de baixo, próximo à sala. A casa tinha uma
combinação de cores marrons, brancas e pretas. Tudo muito
neutro. Nas paredes alguns quadros com cores vivas e muito
bonitas serviam como decoração.

— Sua casa é muito linda, Luz. Gostei do ambiente
neutro; traz uma sensação de calma.

— As luzes foram ideia da minha mãe, as cores foram
minha ideia e os quadros e a decoração, do papai. Tem o
toque de cada um. Eu amo esse lugar.

Ela me levou até a cozinha e me pediu ajuda para fazer
algo para comer, enquanto a mãe dela estava no andar de cima
terminando um artigo do trabalho. Fizemos arroz e colocamos
uma carne para assar. Depois, fomos para a sala e ela
começou a me mostrar uns álbuns de família. Quando
estávamos começando a olhar o terceiro álbum, chegamos em
uma página com uma foto dela e do pai, sentados em um
piano. Ela devia ter uns quatro anos de idade e estava sentada
no colo dele, enquanto ele sorria e tocava.

— Ele trabalhava com música? — Perguntei, passando
os dedos na mão dela.

— Sim. Foi professor durante quinze anos e fazia
diversas apresentações pelo mundo; desde antes de eu nascer.
— Ela estava acariciando a foto com uma mão, enquanto

segurava a minha com a outra. —— Ele tocava tão bem. Me ensinou a tocar desde que me entendo por gente.

—— Você se parece com ele. Os olhos e o nariz, principalmente. Mas o sorriso dele também está muito presente no seu. – A olhei com carinho. – Ainda tem o piano?

—— Sim. Depois que ele, morreu minha mãe quis doar, porque a fazia lembrar dele e ela só chorava. Mas eu não deixei. A gente colocou ele no andar de cima, onde era o escritório do papai.

—— Toca para mim.

—— O quê? —— Ela fez uma expressão confusa.

—— É. Por favor, eu vou amar te ouvir tocar.

—— Ah, mas faz tanto tempo que eu não toco; desde que ele se foi. Não sei...

Olhei para ela com meus olhos implorando para que tocasse para mim. Ela se levantou do sofá e me pegou pela mão, me levando para o andar de cima. Assim que cheguei ao topo, notei que aquele andar era ainda mais bonito que o de baixo. Bem à minha frente tinha uma grande porta de vidro que dava para uma varanda, de onde era possível admirar o jardim que ficava nos fundos da casa. Não havia corredor, como nas casas que geralmente estamos acostumados — espaço se abria em um grande quadrado e tinha quartos dos dois lados. Duas portas de cada lado, além de mais duas portas na parede atrás de mim, onde imaginei que fosse o escritório da Sra. Parker e o antigo do Sr. Parker, onde agora estava o piano. Diferente do piso de baixo, em cima o chão era de uma madeira clara e todos os detalhes também eram rústicos.

—— Uau. Sua casa me surpreende cada vez mais. —— Eu estava boquiaberto.

Ela deu risada e me levou até o antigo escritório do pai dela. Assim que ela abriu a porta eu pude enxergar o piano. Ele era revestido de preto, mas tinha uns contrastes aqui e ali que puxavam para o dourado, como listras muito finas. Ela pegou um pano em um armário no canto da parede e abriu o piano, limpando suas teclas, que estavam empoeiradas por tanto tempo sem serem tocadas. Ela se sentou ao pequeno banco, que tinha uma pequena assinatura em vermelho escuro: Harold Arlen Parker. O nome do pai dela.

—— Senta aqui nesse banquinho. Preciso me preparar primeiro. —— Luz me chamou.

Me sentei no banquinho ao lado do piano e a observei enquanto parecia estar meditando e alongando os dedos. Depois, ela pegou um papel com partituras e o posicionou à sua frente, ligando o piano e aumentando o som. Eu estava tão ansioso que meu corpo parecia estar descarregando eletricidade; estava todo arrepiado. Era lindo observar como ela fazia tudo com tanta calma. Então, ela começou a tocar. A melodia era de "Tenerife Sea". Aquela era, com certeza, a segunda coisa mais linda que eu já tinha escutado, perdendo somente para o dia em que a ouvi cantar na chuva. Mas, então, ela começou a cantar baixinho, de forma que a letra da música se misturava perfeitamente às notas que ela estava dedilhando, e *essa* melodia, sem dúvida alguma, agora estava em primeiro lugar. Eu fui tomado por uma súbita falta de ar e amor por toda aquela cena, aquela música e aquela garota. Eu não conseguia prestar mais atenção em nada que não fosse ela e me deu vontade de chorar, porque aquilo era puro amor e sinceridade.

Quando ela chegou ao fim da música escutamos alguém na porta. A Sra. Parker estava encostada na parede e secava as lágrimas. A Luz se levantou e foi até ela, dando um abraço apertado e dizendo algo em seu ouvido. Assim que a Sra. Parker saiu do escritório eu fui até a Luiza e a envolvi em meus braços.

— Isso foi incrível!!

Nós descemos para jantar e depois eu fui embora. Quando cheguei em casa meu pais já haviam saído para comemorar seu aniversário de casamento. *Ótimo, vou conseguir sair sem que ninguém veja e faça mais perguntas*, pensei, enquanto subia para o meu quarto. Comecei a arrumar minhas coisas em uma mochila e, então, fui tomar um banho. Coloquei uma roupa quente e deitei na minha cama, esperando o horário avançar para eu poder sair de casa.

Quando eram onze e quinze da noite, eu saí. A neve estava mais forte e o vento era cortante em meu rosto. Me agarrei bem ao casaco, subindo a gola até metade do rosto, tentando me proteger do frio. Entrei no carro e comecei a dirigir com cuidado até a Universidade, com os faróis ligados iluminando pouca coisa noite adentro. Desci do carro com cuidado e quase caí quando estava pulando o muro, machucando meu tornozelo ao chegar no chão. Fui devagar e mancando até a porta do relógio, ainda quebrada, e subi os primeiros degraus devagar, por estarem cobertos de neve. Lá em cima, coloquei minhas coisas no chão, de forma espalhada e organizada, como fazia todas as noites que ia até lá. Tirei meu casaco, já que lá em cima era significativamente mais quente. Olhei o horário e vi que estava marcando onze e quarenta; a fenda estava começando a surgir. Abri meu caderno. De acordo com as equações que eu havia feito, se eu passasse meia-noite em ponto em meio à fenda eu chegaria do outro lado na mesma data e horário que o lado em que eu estava. Eu ainda não entendia bem o porquê de ela se abrir *completamente* apenas quando dava meia-noite, mas imaginei que tinha ligação com o fato de as dimensões espaciais e temporais dos multiversos estarem conectadas, de um forma que só o Universo era capaz de saber. *As ondas devem se mexer mais lentamente e tudo ao meu redor deve parecer desacelerar, já que nas dimensões de um buraco de minhoca o tempo é mais estático que em relação ao da Terra. Das duas Terras, nesse caso. Então, o fato de o buraco de minhoca ficar visível aos nossos olhos e permitir a passagem para o outro lado está diretamente ligado com o espaço e o tempo*, pensei. Fiz mais algumas anotações, como por exemplo que a fenda surgia em um horário específico e, se eu fosse me basear nas noites anteriores, sumia em outro horário específico: meia-noite e meia. Eu queria usar todo o tempo livre e necessário para testar minha teoria do porquê eu e a Luiza nos desencontramos depois de ela ir até minha realidade de nascença e me levar até àquela, onde minha vida era completamente diferente. Os meus sonhos eram lembranças de uma outra vida, em um outro país, onde a Terra em si era idêntica a essa.

Os ponteiros bateram meia-noite. Meu corpo inteiro estava arrepiado por conta da adrenalina. Dei o primeiro passo em direção ao buraco de minhoca e hesitei; depois de meio segundo, dei o segundo passo, depois outro e continuei seguindo em frente. Atravessei a fenda. Por um segundo fui capaz de distinguir as cores nítidas ao meu redor, me engolindo: dourado, branco, azul, verde; eram tantas as cores que mal conseguia distinguir uma da outra. Tudo passava rapidamente diante de meus olhos, como se alguém tivesse apertado um botão de zoom e acelerado a minha vida. De repente, meus pés já estavam no chão do outro lado. Olhei em volta e vi que estava na torre do relógio das minhas lembranças. Através dos vitrais eu era capaz de ver a rua, cheia de gente e de carros, o que me causou uma sensação de nostalgia e acelerou meu coração. Fiquei tentado a andar até as escadas e descer, andar pelas ruas, encontrar minha tia. Mas eu tinha um objetivo e precisava seguir meus planos sem correr maiores riscos no momento; esse era apenas o primeiro dos experimentos em campo. Olhei a data e o horário do meu celular. Eram os mesmos de antes. Dia dez de abril de 2021, meia-noite; mas a localização era outra: São Paulo - SP, Praça da Sé. Anotei no meu caderno e passei novamente pela fenda, temendo que os minutos avançassem e eu me perdesse no tempo. Ao chegar do outro lado, desabei no chão imediatamente. Meu corpo inteiro estava doendo. Minha cabeça parecia a ponto de explodir e senti o sangue quente escorrer pelo meu nariz. Fiquei deitado por uma eternidade, olhando para a escuridão acima de mim. Fechei meus olhos e, sem perder a consciência, vislumbrei nitidamente um garotinho quando criança. Era eu, segurando a mão do meu pai em um parque de diversões daqueles que são montados em praças públicas, em eventos de caridade, ou algo do tipo. Era um dos dias mais felizes da minha vida e meu pai não parava de sorrir. A noite era quente, com um vento leve que bagunçava meu cabelo. Os brinquedos iluminavam o nosso caminho, tornando tudo mais divertido. Comecei a ter uma sucessão de vislumbres de um passado feliz; o passado de uma criança simples, que tinha pouco, mas sabia o que era sentir alegria genuína. O primeiro dia de aula no fundamental. A primeira vez que consegui ler e escrever o meu próprio nome. A primeira vez que consegui ler e escrever o nome do meu pai e da minha mãe. O dia em que meu pai finalmente conseguiu comprar um doce de leite, que eu tinha tanta vontade, e eu descobri ser meu doce favorito. Novamente, vi o dia em que minha mãe morreu.

Eu preciso de mais tempo do outro lado. Eu preciso saber mais sobre a minha verdadeira vida. Eu preciso voltar. Eu estava decidido a me levantar e a atravessar novamente, mas quando abri os olhos, a fenda já havia sumido.

Voltando para casa, tive que refazer meu caminho três vezes, porque não estava prestando atenção e a rua estava completamente cheia de neve. Quando finalmente cheguei vi que meus pais ainda não tinham voltado. Um alívio tremendo me tomou. Fui direto para o banheiro do meu quarto; meu nariz não parava de sangrar. Coloquei um papel para tentar estancar o sangue e fui tomar um banho. Deitei na minha cama, exausto, e mandei uma mensagem para a Luiza.

Ei, princesa, está acordada?

Oi, amor. Onde você estava? (Ainda é estranho me acostumar a te chamar de "amor")

Eu estava dormindo. (Eu também acho engraçado, mas vai se acostumando. Eu te amo)

Me senti mal por estar mentindo para ela, mas era necessário. Senti o celular vibrar novamente com uma mensagem.

Você está bem? (Eu também te amo.)

Na verdade, não.

Eu estou com medo, Luiza. Minhas dores estão piores e meu nariz não para de sangrar. Eu tenho desmaiado frequentemente e apesar de tentar agir naturalmente, não posso fingir que não estou assustado.

Eu não vou dizer para você ter calma, porque isso seria idiota, mas, por favor, tente respirar fundo, tá bom?

Amanhã você tem consulta e eu vou contigo. Vai ficar tudo bem. Eu tenho certeza de que seu médico arrumou um jeito de conseguir fazer a cirurgia. Vai ficar tudo bem.

Adormeci conversando com ela no telefone e acordei com o meu pai batendo na porta.

—— Pietro, acorda. Você está atrasado.

Levantei, devagar, porque meu corpo inteiro estava doendo. *Viajar no espaço-tempo é mais doloroso do que eu imaginava*, pensei, enquanto ia me arrumar. Desci para cozinha e tomei um café rápido. Antes de sair, combinei com a minha mãe de me encontrar com ela no hospital, depois da aula.

Foi difícil ficar nas aulas daquele dia; minha concentração estava pior do que o normal e minha cabeça não parava de doer. Na hora do almoço saí com a Luiza e fomos comer em uma lanchonete perto da Universidade. Ela ficou a tarde inteira muito quieta e eu sabia que era por estar preocupada comigo. Apesar dela evitar o assunto, por saber que ele me incomodava, conversei com ela sobre como estava me sentindo. Ela merecia saber. Ao final do dia, fomos encontrar com a minha mãe no hospital.

—— Oi, filho. —— Minha mãe me abraçou e depois deu um beijo no rosto da Luz – Oi, querida. Como vocês estão?

Apenas balancei a cabeça negativamente e ela já entendeu, passando o braço ao redor do meu. Fomos até o balcão de entrada e depois ficamos aguardando enquanto o Dr. Phillip não me chamava.

—— Mãe... se eles não encontrarem um jeito de fazer essa cirurgia sem me afetar de alguma forma irreversível, eu não quero viver conectado a máquinas. E, além disso, quero doar meus órgãos. – Eu não conseguia olhar nos olhos dela enquanto falava isso, então os mantive fixos na porta do consultório. Senti a mão da Luiza se entrelaçar na minha; eu havia conversado com ela sobre isso naquela manhã.

—— Eles vão dar um jeito, Pietro. —— Foi a única coisa que a minha mãe disse. Eu ia insistir, mas notei como sua voz estava trêmula e a deixei em paz.

O Dr. Phillip chamou meu nome cerca de dez minutos depois e pediu que eu entrasse sozinho. Insisti para a minha mãe que estava tudo bem e que ela devia ficar com a Luiza. Entrei na sala e me sentei, notando que a cor da parede estava diferente; havia mudado de branco para um tom de azul-claro.

—— Bonita a cor. Diferente para um consultório. —— Falei, enquanto o Dr. fechava a porta.

—— A mais nova das minhas gêmeas insistiu para mudar quando veio aqui semana passada. Ela tem autismo e a cor azul a acalma quando tem crises. Ultimamente, ela tem vindo me visitar muito e conversei com a diretoria do hospital para permitir a mudança. – Ele estava sorrindo. – Mas, então, Pietro, como você está?

Passei a mão na nuca e olhei para baixo.

— Eu não estou nada bem. Minha cabeça dói de uma forma fora do comum. Meu nariz começou a sangrar faz algum tempo e o sangramento tem se tornado mais constante e forte. Me sinto fraco e com muita tontura a maior parte do tempo.

— E as "*alucinações*"? Aquelas às quais você se referiu à Dra. Alexandra como se fossem lembranças.

— Parecem cada vez mais reais. Agora elas surgem mesmo enquanto estou consciente, de forma que eu fico de olho aberto, mas não estou *aqui* realmente. Entende?

— Sim. — Ele anotou algumas coisas em um pequeno caderno e me olhou novamente. — Pietro, eu te pedi para entrar sozinho porque sua mãe é muito emotiva e, infelizmente, as notícias não são tão boas quanto eu esperava que fossem.

Ele se levantou, vindo até mim, e esticou a mão em direção ao meu rosto.

— Posso? — Perguntou.

Eu assenti e ele passou a mão pela minha testa, notando que havia uma elevação, além de perceber minha expressão de dor. Depois voltou a se sentar.

— Desde quando isso está aí? — Ele me questionou, enquanto pegava o caderno novamente.

— Faz alguns dias. Deve ser algum hematoma tardio da queda que eu tive no outro dia.

—— Fizemos mais alguns testes com as amostras de sangue que tínhamos suas e há algumas coisas nos preocupando; preocupações essas que se acentuam agora que surgiu esse pequeno caroço na sua testa. Nós vamos precisar fazer mais uma tomografia e uma biópsia do "hematoma", para confirmar nossas suspeitas, de acordo com seus sintomas. Eu não irei dar mais detalhes, pois não quero te alarmar sem necessidade...

—— Mais do que acabou de fazer?

—— Bem... é. Desculpa.

O Dr. Phillip fez a biópsia na própria sala e depois eu saí.

Conversei com a minha mãe e a Luiza e, sem dizer que os médicos estavam suspeitando que pudesse ser algo além do coágulo, segui até o andar das tomografias, sozinho.

Entrar naquela máquina sempre era um sacrifício para mim. Era torturante ter que ficar tanto tempo imóvel em algo tão apertado. Quando acabou, as enfermeiras me levaram para um quarto particular, que eu tinha direito por conta do meu plano médico; a Luz e a minha mãe estavam lá me esperando. Senti que estava passando mal e fui para o banheiro do quarto. Vomitei tudo o que tinha comido naquela manhã. Estava suando frio. Me sentei no chão, com as costas e a cabeça apoiadas na parede, fechei meus olhos e me concentrei na minha respiração. *Eu sinto como se eu estivesse morrendo.* De repente, alguém bateu na porta.

—— Pietro? É a Dra. Alexandra. Está tudo bem?

Me levantei, usando a pia como apoio.

— Estou bem. Já vou sair; só um minuto.

Lavei meu rosto e saí do banheiro. No quarto, estavam meus pais, a Luiza, o Dr. Phillip e a Dra. Alexandra.

— Resolvemos que era melhor seu pai estar aqui também, para acertamos os detalhes dos próximos passos. Tudo bem por você? – A Dra. Alexandra era muito simpática e sempre usava um tom amável. Eu gostava dela.

— Sim, tudo bem.

— O que aconteceu, Pietro? Está parecendo fraco; e emagreceu desde a última vez que te vi. – Ela me guiou até a cama, com uma das mãos apoiada nas minhas costas.

— Eu estou me sentindo mais fraco que o normal e não tenho conseguido comer muito bem.

Minha mãe estava segurando a mão da Luiza e a do meu pai. Eles estavam em pé ao lado da cama. Assim que me deitei, a Luz veio até mim e segurou a minha mão entre as suas; dei um beijo nela e sorri.

— Vai ficar tudo bem, meu amor. — Sussurrei, com a testa encostada de leve na dela.

Os médicos chegaram mais perto da cama, inclinando o encosto dela. Depois, a Dra. Alexandra foi até o negatoscópio da sala e colocou a imagem da tomografia dentro, o acendendo e deixando a imagem da minha cabeça à vista de todos. O Dr. Phillip se aproximou dela e colocou o dedo na imagem, contornando-a enquanto explicava a nós o que estávamos vendo.

— Pietro, esta é uma imagem do seu cérebro. Aqui é seu lóbulo frontal. — Ele colocou outra imagem por cima da que já estava à mostra. — Esta é uma imagem do seu lóbulo há um mês atrás. Perto dele, podemos ver apenas uma pequena bolha, que deu origem ao nosso diagnóstico de que seria um aneurisma cerebral, ou coágulo. — Ele voltou a colocar uma terceira imagem na máquina. — Aqui temos a tomografia da última vez que você veio ao hospital, quando dissemos a vocês que a bolha estava crescendo e que iríamos acelerar o estudo da cirurgia, mas, agora, depois de mais alguns exames, fomos capazes de ver isso. — Ele tirou as duas imagens de cima da primeira de todas, e colocou o dedo em cima de uma grande mancha — Isto é uma massa, Pietro, ou seja, um tumor. Não sabemos o que aconteceu para que ele surgisse tão de repente, mas houve alterações nos seus exames de sangue e surgiu esse caroço na sua testa. O resultado da biópsia também deu positivo para um tumor maligno. Apesar de, por fora, o tumor parecer pequeno, por dentro ele tem quase o tamanho de uma tangerina; por isso, seus sintomas têm se agravado tão intensamente em tão pouco tempo.

Comecei a tremer, mas me esforcei para ficar calmo; eu não podia perder o controle no meio de todos.

— O que a gente tem que fazer?

— Você pode optar por apenas fazer as sessões de quimio e radioterapia. — Foi a Dra. Alexandra quem falou. — Mas nós temos um plano de cirurgia que pode dar certo, Pietro, além de ser o caminho mais aconselhável. É só vocês autorizarem e iremos para o centro cirúrgico imediatamente. Vai ser um dos casos mais difíceis da minha vida, por conta do local onde se encontra o tumor, mas faremos o possível para salvar a sua vida.

Minha mãe abraçou meu pai e começou a chorar, silenciosamente.

—— Quais as chances de morte?

—— Oitenta e cinco por cento.

—— Eu preciso de um tempo. – Senti como se meu pulmão estivesse fechando. – Vocês podem sair, por favor?

A Luiza me olhou de um jeito confuso.

—— Pietro?!...

—— Por favor! Só me deixem sozinho.

Todos saíram da sala. *Oitenta e cinco por cento de chance de morte.* Fiquei cerca de uma hora sem deixar que qualquer pessoa entrasse no quarto. Olhei o relógio e vi que eram cinco e meia da tarde. Me levantei, devagar. Tomei a água que estava em cima da mesa, perto da cama, e peguei minha blusa. Fui até a minha bolsa e peguei a chave do carro. Quando saí da sala, meus pais e a Luiza vieram até mim.

—— Onde você pensa que vai? – Meu pai segurou meu braço. —— Você está doente, não deve sair daqui.

—— Eu sei que eu estou doente. Morrendo, para ser mais exato. —— Puxei meu braço e voltei a andar. Eu ainda estava mancando por conta da torção no tornozelo na noite passada. —— Eu não vou fazer essa cirurgia. Minhas chances de morte são grandes de qualquer forma.

Minha mãe correu até mim e me abraçou.

—— Filho, por favor. Você tem que ouvir os médicos. Essa é a sua melhor chance. Eu não posso te perder. Você não pode fazer isso.

—— Mãe, isso se trata de mim, não de você. Me perdoa.

Dei um beijo na testa dela e me afastei enquanto meu pai a abraçava. Olhei para a Luiza. Seus olhos estavam cheios de lágrimas, mas ela não me impediu de sair; eu podia sentir que ela entendia que eu precisava ir embora dali.

—— Eu te amo. —— Falei, de longe.

Ela deu um pequeno sorriso, triste, e saiu em direção ao corredor da lanchonete. Virei de costas e saí do hospital, indo em direção ao carro. Ouvi os médicos gritarem por mim, mas comecei a correr, apesar da dor no tornozelo. Entrei no meu carro e saí em disparada em direção à avenida principal, para me encontrar com o Ricon.

Capítulo 19

Cheguei ao local combinado e fiquei esperando durante dez minutos até ver um carro preto, 4X4, parar ao lado do meu, no acostamento. A janela do outro lado baixou e vi o rosto caucasiano do Prof. Ricon. Ele tinha o cabelo em estilo curto, cortado rente ao couro cabeludo, repleto de fios brancos em meio aos castanhos-escuros. Ele sempre andava com uma expressão séria, como se nada pudesse diverti-lo.

—— Olá, Pietro. Você me segue?

—— Claro.

Começamos a seguir pela avenida e a sensação de estar dirigindo por uma estrada tão calma, sozinho, apenas eu e a minha própria companhia, me fazia sentir melhor que antes. Meu celular começou a tocar no painel do carro. Era o Dylan. Recusei a ligação, coloquei o celular no bolso e voltei a me concentrar no carro do professor.

Quando finalmente chegamos foi fácil encontrar vaga em frente ao hospital. Era um dia comum de semana e o lugar parecia estar deserto. O prédio era muito grande, de cores claras e estrutura antiga. Havia uma certa beleza nele.

Entramos no prédio e eu fui na frente até a recepção, quase eufórico com o que estava prestes a acontecer. Minhas expectativas estavam nas alturas; eu finalmente iria encontrar alguém que me entendia de verdade. Apesar dele ter sido considerado louco pelas outras pessoas, eu sabia que havia uma chance dele apenas não ter tido a sorte de me encontrar há trinta anos atrás; alguém que acreditaria nele. A enfermeira na recepção foi extremamente ríspida e disse que o Magnus não recebia visitas há mais de dez anos; disse, também, que a última visita havia sido de um homem que foi expulso enquanto o físico gritava que não o conhecia. Aparentemente ele não era muito amigável com outras pessoas. A moça disse que ele se referia aos outros como "*inferiores*" à sua inteligência. Minha ansiedade por conhecê-lo estava se desfazendo aos poucos.

Quando finalmente a convenci de que apenas precisava da opinião dele em relação a alguns trabalhos de faculdade, conseguimos ir para o quarto do Professor.

Entramos no quarto, que era grande, com as paredes de um tom amarelo, quase bege. Todos os detalhes da janela e armários eram rústicos. Nos deparamos com uma pessoa totalmente diferente da que eu imaginava. Eu pensei que o Russel seria um velhinho pequeno, magro e frágil; usando óculos, pantufa e um sobretudo velho de pano fino por cima do pijama. Mas ele era completamente diferente. Ele estava de pé em frente à janela, olhando para o lado de fora. Era alto, muito mais alto que eu, de forma que poderia facilmente ser confundido com um jogador de basquete aposentado. Seu corpo era largo. Ele estava usando uma calça jeans escura e uma jaqueta de couro preta. Nos pés, usava apenas uma meia listrada azul e amarela, mas aquilo não o tornava menos *monstruoso*. Seu cabelo era todo branco, muito comprido e, apesar da idade que ele aparentava ter, ainda tinha muitos fios na cabeça. Quando ele se virou para nos ver, notei que havia manchas espalhadas por seu rosto e por pescoço. A jaqueta cobria os braços, mas era possível enxergar as manchas avermelhadas nas mãos nuas também. Ele me olhou de cima abaixo, sem dizer uma única palavra.

—— Russel, esse dois rapazes vieram aqui para conversar um pouco com você. —— A enfermeira anunciou, enquanto o ajudava a se sentar na cama. —— Eles são universitários e precisam da sua ajuda. Se comporta.

Ela saiu do quarto enquanto eu e o Ricon nos sentávamos perto de uma mesinha de madeira ao lado da janela. Ricon ia começar a falar alguma coisa quando o Magnus disparou:

—— O que você está fazendo aqui? —— Ele soou extremamente ríspido e sua expressão era azeda. —— Achei que eu tivesse deixado bem claro que nunca mais queria vê-lo. Você me decepcionou.

Ricon o olhou confuso e deu uma risadinha amarga.

—— *Eu* o decepcionei?! Eu era o melhor aluno da sua classe e fui eu quem mais insistiu para que você não viesse parar nesse lugar depois de notar a besteira que eu tinha feito. Eu disse a eles que sua doença estava te afetando e você...

—— Cala a boca! Você não sabe o que diz. Foi aquele buraco de minhoca. Minha doença e o fato de ter perdido a minha menina para sempre... foi tudo culpa daquele maldito buraco.

Eu percebi que eles iriam começar a discutir e resolvi intervir.

—— O que aconteceu com a sua filha?

—— Quem é você? – Ele me olhou novamente com aquele jeito arrogante, como se fosse superior a mim.

—— Eu sou o cara que conseguiu resolver a sua equação; agora, pare de me tratar assim. —— Falei de um jeito que pudesse mostrar que eu não tinha medo dele.

—— Onde está a equação? —— Ele me perguntou, sem expressão alguma.

Abri a mochila e peguei minha pasta. Entreguei a ele o papel.

—— Como você conseguiu?

—— Faz um tempo que estou me dedicando a diversas teorias, equações e desdobramentos dos multiversos. Demorei alguns dias, mas, me baseando em muitos estudos, consegui. O Ricon foi quem me passou a equação. Ele tem me ajudado muito.

Magnus olhou na direção do Prof. Ricon e deu uma risadinha.

—— *Você* o ajudou? Como que...

—— Olha, Magnus, eu te respeito muito, mas não tenho obrigação nenhuma de ficar aqui ouvindo esse tipo de coisa. Com licença.

O Ricon se levantou e saiu do quarto, furioso.

—— Por que você é *tão* esnobe? —— Perguntei.

—— O que você disse, garoto?

—— Apenas porque ele não conseguiu satisfazer o seu ego há trinta anos atrás? —— Continuei. —— Quando todo mundo te menosprezou, o chamando de louco, ele foi o único que tentou resolver aquela bagunça de números e te dar uma chance. Claro, ele errou ao chamar os médicos antes de pensar em te ajudar, mas ele se arrependeu; você sabe que sim.

Mais uma vez ele apenas me encarou e eu comecei a achar que era uma má ideia ter ido até aquele lugar. Talvez o renomado Professor Russel Magnus não pudesse me ajudar.

—— Você tem razão. —— Ele baixou o olhar para a folha novamente. —— Eu fiquei tão frustrado por ninguém acreditar em mim e por ser descartado tão facilmente, que acabei descontando na única pessoa que tentou. O Ricon sempre foi como um filho. Eu não deveria estar agindo dessa forma, desculpa. É só que... —— Pareceu que ele ia dizer algo, mas desistiu. —— O que você veio fazer aqui realmente?

Contei toda a história para ele; detalhe por detalhe, desde o dia em que acordei no relógio até a minha última experiência do outro lado da fenda. O tempo inteiro ele ficou apenas me observando, enquanto eu contava absolutamente tudo, inclusive sobre a minha doença, as lembranças e sobre a Luiza. Quando terminei, dizendo que a minha maior vontade era sumir daquele lugar, sem precisar fazer as pessoas que eu amava sofrerem enquanto me viam morrer, notei que ele estava com os olhos cheios de lágrimas. Ele colocou a mão no meu ombro e disse:

— Você é mais forte do que imagina. Infelizmente eu não posso te dizer o que fazer. Essa fenda só trouxe desgraça para a minha vida e eu temo que faça o mesmo com você.

— O que aconteceu com você, Russel? De verdade?

Ele respirou fundo e começou a me contar a sua história.

— Eu passei a maior parte da minha vida me dedicando ao estudo de possíveis fendas temporais e viagens no espaço-tempo. Aos vinte e cinco anos, recebi o meu primeiro prêmio por desenvolver pesquisas que poderiam comprovar, em teoria, a existência real de buracos de minhoca no nosso sistema solar; buracos os quais seriam acessíveis a nós por meio de ondas gravitacionais que abriam *"portais"* entre uma realidade e outra. Mas apenas a teoria não era suficiente para mim. Há vinte e cinco anos atrás eu tive a minha primeira experiência real com um buraco de minhoca, no relógio da Universidade Michigan, assim como você. Depois de anos de estudos, eu estava convicto de que seria capaz de manter tudo no meu controle. Eu não iria passar muito tempo do outro lado, para não afetar diretamente a outra realidade, correndo o risco de encontrar o outro eu daquele lado. — *Caramba*, pensei, *como eu não me toquei que também tem esse detalhe? Como eu nunca pensei que deveriam existir dois de mim?* — Eu estava disposto a ficar apenas poucos dias e voltar, mas, quando cheguei lá, minha memória foi afetada, assim como a sua. A minha família daquele lado era perfeita. Aquele Russel tinha tanta sorte. A minha esposa era tão linda; alta, cabelos ruivos tão grandes que chegavam à sua coxa e um sorriso que era capaz de desarmar qualquer um. Além dela, tinha a minha filha. Minha pequena Midge. Uma garota tão doce... — Ele limpou as lágrimas que surgiam em seus olhos. —— Quando as minhas lembranças dessa realidade começaram a surgir, eu fiquei obcecado. Deixei de ser um bom pai e um bom marido. Comecei a me afundar em estudos e, em um mês, notei as manchas surgindo em meu corpo. Me dediquei cada vez mais, ignorando os traços da doença. Minha mulher começou a se distanciar de mim e a minha filha já não era mais a minha menininha. Ela não conseguia entender o porquê do pai estar agindo daquela forma. Fui ao médico e descobri meu câncer de pele no estágio três. Optei pela quimioterapia e notei que, toda vez que eu entrava em contato com a fenda, os sintomas pioravam, mas eu não conseguia me afastar; eu havia me lembrado de tudo e aquela era a maior descoberta da minha vida, além de também descobrir como eu nunca esbarrei com o suposto "*eu*" daquela realidade, o que me ajudou a renovar e inovar diversas teorias e pensamentos da física. Às vezes, eu passava para esse lado apenas para participar de reuniões e palestras, já que, depois do primeiro contato, nós não perdemos mais a memória ao transitar pelo túnel. Tive que inventar uma história para explicar meu sumiço de quase dois meses; histórias cada vez mais comuns depois de eu notar que, dependendo do horário que eu passava pela fenda, eu saía do outro com uma diferença de três dias, comparado à data em que eu fizesse a passagem; fiz isso durante dois anos. Certo dia eu voltei para casa e encontrei minha mulher chorando, porque nossa filha havia desaparecido. Ela me culpava por ter sido ausente e por não ter protegido a Midge. Depois de quatro meses, ela foi embora. Eu não sabia mais o que fazer. Comecei a me culpar por perder a minha filha. Ainda não sei como eu pude ser um pai e um marido tão ruim. Decidi voltar para cá, mas não conseguia seguir em frente, então comecei a pesquisar maneiras de conseguir voltar no tempo e ajudar a minha garota; consertar tudo isso. Mas eu apenas consegui achar explicações para o avanço de dias; nada de como eu poderia voltar. Até que eu consegui criar essa equação quântica. Eu fui até a Universidade, já era tarde, a fissura estava aberta e quando olhei no relógio era meia-noite e vinte sete: a fenda já ia se fechar, mas, ainda assim, eu decidi arriscar; nunca tinha tentado passar em um horário tão avançado, e, de acordo com a minha equação, poderia ser o horário perfeito. Cheguei ao outro lado e descobri que, infelizmente, o máximo que a fenda nos possibilita é voltar um pouco mais de dois meses a partir da data em que nos encontramos ao atravessá-la, e minha filha havia desaparecido há *cinco* meses. —— *Isso definitivamente explica o porquê de a Luiza não ter me encontrado em um momento que eu me lembraria dela. Por algum motivo, ela precisou me procurar do outro lado e deve ter passado pelo relógio em um horário muito avançado, de forma que voltou no tempo e me encontrou antes de conhecê-la; na verdade, tornando possível que eu a conhecesse. É algum tipo de loop criado pelo Universo,* pensei, enquanto o professor continuava sua história:

—— Tentei pedir ajuda ao Ricon; queria que ele resolvesse a equação para ver se ele via algo que eu não vi, mas ele se assustou e tomou o primeiro passo para me internarem; não que a gestão da Universidade já não estivesse perto de alcançar isso por conta própria, ele só agilizou o processo, apesar de um tempo depois se arrepender e insistir que me tirassem daqui; esforços que foram realizados em vão. Eu confesso que fiquei um pouco louco; me colocar aqui não foi apenas consequência da incredulidade alheia. Eu já não era mais eu mesmo. Além do mais, sua resolução da minha equação quântica está idêntica à que eu fiz anos atrás. Minha menina nunca poderia ser salva. Pelo menos, depois de parar de passar pela fenda, meu câncer parou de crescer de se desenvolver.

—— Todos os detalhes ainda são os mesmos. Impressionante. — Ricon estava parado na porta; ele parecia bravo e eu não o culpava. —— Vamos, Pietro, isso já foi longe demais. Achei que ele tinha parado com essa loucura.

O Russel começou a se levantar da cama e a andar na direção do Ricon.

—— Me desculpa pelo modo como falei com você, mas você *precisa* acreditar em mim. O garoto sabe a verdade, você também precisa tentar ver.

Olhei para os dois e percebi a forma como o meu professor me olhou, sem conseguir acreditar em nada do que ouvia, não depois de tantos anos terem se passado e de ele ter sido tratado de uma forma tão ruim por alguém que admirava como a um pai, quando mais novo.

—— Pietro, isso é loucura. Você não pode estar acreditando nessa besteira. —— Eu apenas olhei para ele e dei de ombros. —— Eu vou embora.

Ele pegou as chaves do carro em cima da mesa e saiu do quarto, sem olhar para trás. Como Russel Magnus voltou para a cama e ficou muito quieto, decidi tirar algumas das dúvidas que ainda estavam me cercando.

—— Quer dizer que o meu câncer é culpa das partículas da fenda que "não se dão bem" com as partículas do meu sistema biológico?

—— Exatamente. E quanto mais contato você tiver com o buraco de minhoca, mais doente você irá ficar; desse lado da fenda, pelo menos.

—— Isso explica muita coisa... mas, nas poucas lembranças que eu tenho dessa realidade, antes de acordar no relógio, o Pietro daqui já tinha algo na cabeça.

—— Provavelmente ele já tinha o coágulo sobre o qual você falou, mas isso evoluiu misteriosamente para um câncer por conta da fenda temporal.

—— Então, do outro lado o meu câncer não existe?

—— Isso mesmo. Por isso que quando eu voltei para a realidade na qual nasci, meu câncer simplesmente parou de se desenvolver. Fiquei apenas com as manchas.

—— Certo... —— Aquilo tudo era muito difícil de entender e a minha cabeça já estava começando a doer. —— Falando no Pietro dessa vida, já que eu sinto que eu pertenço originalmente ao outro lado, como eu nunca me encontrei com um *"outro eu"*? A existência de outros de nós em outras realidades não é um dos fatores mais discutidos em teorias de multiversos?

—— Realmente é uma das questões mais discutidas e, apesar de ser muito aceitável, quando colocamos a viagem entre fendas em prática, as coisas mudam. Depois de tanto estudar como a matéria se comporta dentro dos buracos de minhoca, eu descobri que a matéria, da maneira que a conhecemos, não existe dentro das fissuras. —— Ele se levantou e foi até a janela, encostando na beirada e olhando para mim. —— A matéria é constituída por átomos e o que compõe os átomos são diferentes vibrações: a famosa teoria das cordas. Quando passamos pela fenda, por alguma razão que eu ainda não consigo explicar, a matéria é reduzida a essas vibrações, ou seja, nós nos tornamos iguais a elas, como ondas, e quando finalmente terminamos a viagem pelo espaço-tempo, atravessando para o outro lado do buraco de minhoca, a matéria volta ao seu estado físico normal. Acredito que tem ligação com o fato de as atmosferas serem diferentes, com condições diferentes.

Me levantei e comecei a andar em círculos pelo quarto, dizendo, em seguida:

—— Eu fiz um experimento antes de passar a primeira vez pela fenda, usando um caderno. Notei a mudança da matéria no interior dela, mas não consigo entender como isso tem ligação com a questão do *"outro eu"*. —— Olhei na direção do Russel com a sobrancelha franzida.

—— Eu vou chegar lá, garoto, tenha calma. Quando eu iniciei as minhas diversas viagens através das realidades, percebi que muitas pessoas que existem nessa Terra também existiam na outras; mas uma pessoa que nasceu nos EUA, nesta Terra, poderia facilmente, na outra Terra, ter nascido no Egito, por exemplo. Logo, eu tentei descobrir onde estava o outro Magnus; tentativa na qual não obtive sucesso. Eu não desisti tão facilmente e, com algumas equações, que demorei meses para formular e resolver, e depois de notar que, dentro da fenda, nós nos tornamos apenas vibrações vagando pelo espaço, eu descobri que essas vibrações se comportam como um quebra-cabeça. As peças certas, ao serem submetidas às ondas gravitacionais, se encaixavam umas nas outras, ou seja, é possível que, quando viajamos pelas fendas, os dois seres existentes nas pontas de cada lado delas se juntem em apenas um ser. Falando de forma geral, nós nos fundimos ao nosso *"outro eu"*. Antes de passar pela fenda éramos duas pessoas completamente diferentes em muitos aspectos que não fossem físicos, mas após fazer a viagem nós simplesmente nos tornamos um só. Um outro fator é que você se sente mais ligado a um dos seres do que ao outro, geralmente o *"eu"* que passou pela fenda. Eu sinto que sou o Magnus problemático, mas nunca mais serei capaz de me separar do Magnus que tinha uma família linda e completa; assim como você sente que é o Pietro que perdeu os pais e foi criado pela tia, mas tinha a vida inteira pela frente; só que agora você não pode mais se separar por completo do Pietro que tem uma boa faculdade, amigos, família, um amor e uma sentença de morte. É claro que ainda existem diversas questões em aberto, mas essa teoria parece ser a mais clara para mim.

—— Você é um gênio, mas realmente não sabe como animar alguém. – Falei, um pouco ressentido com a última parte da explicação dele. – Isso tudo é simplesmente surreal. Eu preciso me aprofundar mais.

Ele me olhou nos olhos, preocupado

—— Opa, garoto, vai com calma. Eu disse tudo isso para nada? Quando eu descobri todas essas coisas, pensei da mesma forma que você, e olha tudo o que isso me custou. Não vá pelo mesmo caminho que eu. —— Sua voz estava muito abatida.

—— Desculpe, Magnus, mas como eu posso fingir que nada disso aconteceu? Isso comprovaria diversas teorias. Seria a maior descoberta da história do Universo e, além do mais, eu não tenho uma vida para seguir. Eu estou morrendo.

—— Me escuta! —— Dessa vez, a voz dele saiu exaltada. —— – Você vai perder tudo o que tem aqui, a segunda chance que o Universo te deu, por ser dramático e ficar se lamentando por algo que você tem a chance de curar, e por ganância profissional? Essa segunda chance não foi tudo que você sempre quis?

No fundo eu sabia que ele estava certo, que eu devia esquecer tudo aquilo, arriscar a cirurgia e, com sorte, seguir em frente. Mas como eu poderia? Ele podia até estar certo sobre eu ser meio dramático, mas naquele momento eu não conseguia pensar em nada positivo. Eu só pensava no quão grande era o fardo que eu representava às pessoas que amava.

—— Já chega, eu vou embora. —— Fui até a porta do quarto e me virei uma última vez para ele. – Obrigado por me ajudar. Eu sinto muito por tudo o que aconteceu com você, mas sou em quem deve decidir o que é melhor para mim e para aqueles que eu amo. Boa sorte aqui, Professor.

Saí pelos corredores do hospital e fui até meu carro, no estacionamento. Olhei o celular e vi que havia milhares de mensagens e de ligações da Luiza, do Dylan e dos meus pais.

Decidi ir para casa uma última vez antes de mudar todo o rumo da minha vida. De novo. Entrei no carro e fiquei alguns minutos olhando para o nada, até sentir o sangue escorrendo pelo meu nariz. Subitamente senti uma raiva me enchendo e dei um soco no volante. Logo em seguida, notei que as coisas ao meu redor estavam escurecendo.

Capítulo 20

Estávamos sentados em um banco na praça. A Fernanda estava do meu lado, cabisbaixa.

—— Pronto, pode falar. —— Fiquei olhando para as minhas mãos enquanto conversava com ela.

—— Eu estou desesperada, Pietro. Não sei mais em quem confiar, a não ser em você. Eu fui tão tola; não valorizei o amor da minha vida e, agora, olha para mim.

Ela começou a chorar e eu não aguentava ver aquilo, então a abracei.

—— Se acalma, Feh, eu estou aqui agora. Me conta o que está acontecendo.

Ela continuou com a cabeça apoiada no meu peito e senti que ela estava tremendo.

—— Eu estou grávida, Pietro. *Grávida!* Como eu pude ser tão burra? Os meus pais vão me expulsar de casa.

—— Como assim, Fernanda? Você tem certeza disso? E o pai da criança?

Eu estava muito surpreso, mas fiz o possível para permanecer calmo; ela precisava de mim.

—— É claro que eu tenho certeza. E quanto ao cara que me engravidou, ele nunca vai ser o pai dessa criança. Eu fiz questão de dar a notícia para ele, mas ele sumiu, então parece que eu estou sozinha. Eu sou tão idiota. —— Ela colocou as mãos no rosto, chorando.

—— A culpa não é sua! Você precisa se acalmar. —— Segurei-a de forma que pudesse a olhar nos olhos. – Você não fez nada disso sozinha. Se ele não quer assumir essa criança, a culpa *não é sua*! Além disso, nós vamos dar um jeito de resolver as coisas.

—— Obrigada, Pietro. —— Dessa vez, ela sorriu, com as lágrimas rolando em seu rosto. —— Lembra que nós queríamos ter quatro filhos, um gato e dois cachorros? —— Eu devolvi o sorriso, a lembrança havia sido boa. Apesar de tudo, aquela foi uma boa época.

—— Claro que eu lembro.

—— Você teria sido um pai incrível. Aquela história de que a gente só dá valor quando perde é verdade; eu não deveria ter deixado você ir embora. —— Ela começou a chorar de novo, a ponto de a voz quase não sair. – Eu agradeço por me oferecer ajuda, mas eu já decidi como vou resolver isso. Eu só precisava conversar com você por um momento, me sentir mais segura e colocar alguns pingos nos i's.

Ela se levantou e entrou rapidamente em um ônibus que estava ali perto, com a porta aberta para outro passageiro.

—— Fernanda, o que você vai fazer? Espera. —— Gritei.

Corri, mas não consegui alcançá-la.

Quando dei por mim, estava com a camisa suja do sangue que escorria pelo meu nariz, ainda no estacionamento do hospital. *Como eu fui capaz de me esquecer disso?*

Liguei o carro e saí pelas ruas de Michigan. Eu estava convicto de ir para o relógio e de atravessar para o outro lado; eu precisava saber o que tinha acontecido com a Fernanda e com o bebê.

Quando cheguei no campus da faculdade era por volta de oito horas da noite. Dessa vez eu entrei sem precisar pular o muro, pois ainda era horário de funcionamento do campus. Subi rapidamente na torre sem que ninguém percebesse e me sentei no banco perto das engrenagens do relógio.

 Enquanto eu esperava pacientemente até que algo acontecesse, decidi escrever uma carta para a Luiza e deixar em cima do banco; assim, ela poderia achar da próxima vez que fosse até o relógio. Peguei uma folha e uma caneta na mochila que estava comigo.

Eu me lembro do dia em que te conheci; assim que eu te vi foi como se todas as coisas sumissem e existisse apenas você e eu; me senti como nunca antes. Você sempre pareceu tão linda, de todas as formas possíveis, e eu só confirmei isso ao passar dos meses. Você é linda de todos os jeitos e seu coração é mais lindo ainda. Eu também me lembro de cada detalhe do nosso primeiro beijo e de como cada som e sensação ficaram mais aguçados. Foi a melhor coisa que eu já senti em toda a minha vida.

É apenas mais uma noite e eu estou aqui, sentado, olhando para a lua; o céu está estrelado e a mais brilhante das estrelas me lembra de você.

Estou pensando na noite em que você tocou para mim na sua casa e se eu pudesse, eu cantaria para você aquela mesma música neste exato momento. Você é boa em tudo o que faz. O mundo tem sorte de ter nele alguém como você.

Em pouco tempo você ficará aqui, deste lado, à medida que o horizonte se divide; e eu ficarei a milhas de te ver novamente, com esse sorriso que me ilumina. E quando eu estiver olhando as estrelas irei me perguntar se você também as pode ver, e irei desejar com todas as minhas forças que você esteja comigo. Me perdoa por estar indo embora. Eu espero que algum dia as luzes da noite possam de alguma forma me guiarem novamente até você. Eu acredito nisso com todo o meu ser, porque de alguma forma tudo me leva a você. Mas, caso hoje tenha sido a última vez que nos vimos, eu quero que saiba que você é suficiente para mim, porque você é tudo o que eu sempre precisei. Não vou dizer que você é tudo de que sempre quis, porque você é bem mais que isso. Na verdade, eu nem sabia que queria alguém como você, até te ter. Você faz isso, sabe?! Transforma as pessoas e as ensina que elas podem conseguir mais do que imaginam.

Eu me apaixonei por ti de um jeito que nunca tinha acontecido e tenho certeza de que não vai mais acontecer, porque você é única e me faz mais feliz do que eu jamais poderei ser novamente.

Eu gostaria de descobrir o segredo para voltar no tempo, para os dias em que você me abraçou e eu senti que ali era o meu lugar. Mesmo nesse momento, eu preciso da sua graça para me lembrar da minha e é isso que está me encorajando a ir resolver coisas que eu deveria ter resolvido há muito tempo. Sendo sincero, eu realmente não tenho certeza do que estou fazendo; não sei se essa é mesmo a decisão que eu deveria tomar, mas não consigo evitar. Eu preciso fazer isso por mim e acredito que preciso fazer isso por você e por todos os que eu amo.

Você é um mistério e mesmo que eu viajasse ao redor do mundo tenho certeza de que nunca encontraria uma garota como você. Tudo em você é único; o jeito de falar e encarar as coisas, o modo como deixa o cabelo de lado, caindo pelo pescoço, a maneira de sorrir, a mania de levantar as sobrancelhas quando quer fazer alguma provocação e principalmente a maneira de se vestir. Você é completamente única.

Eu admiro cada detalhe seu, interno e externo; sua história, apesar de conter alguns muitos conflitos, te transformou em uma mulher maravilhosa e que vai conquistar cada vez mais coisas na vida. Eu não tenho dúvidas de que você vai alcançar tudo o que deseja. Sua determinação e sua independência me deixam bobo; me fazem sentir que eu ainda não sei nada da vida, ou sobre o que é realmente lutar para deixar a própria marca .

Eu te amo mais do que qualquer coisa.

Sei que em algum momento você vai me entender e vai me perdoar, porque você sempre perdoa as pessoas, por menos que mereçam. Caso estejamos realmente presos no looping que penso que estamos, você vai ir me encontrar e vai acreditar em mim, eu sei disso; e, mesmo que aquele Pietro ainda não saiba, eu sei que te amo, meu amor; e sei que você é o amor da minha vida. Mas, para que pelo menos dessa vez nós possamos ficar juntos, mesmo que em outra realidade que será criada, passe pelo relógio meia-noite em ponto; não se atrase novamente, minha Luz, Eu sei que você vai me encontrar. Pode não fazer sentido agora, mas irá. Eu prometo.

Se passaram alguns minutos depois que terminei de escrever, até que escutei alguém subindo as escadas e limpei os olhos, rapidamente.

—— Você é maluco? Como você pôde fazer isso comigo? Com os seus pais? Você deu as costas para as pessoas que você ama, Pietro. —— A Luiza apareceu, apavorada e brava ao mesmo tempo.

—— Você não entende, Luiza. Eu estou morrendo aos poucos. É muito difícil para mim. Como vão ser as coisas quando eu for embora? Quem vai cuidar de você? Como meus pais irão ficar? Eu não sei como reagir a tudo isso. —— Ela se aproximou de mim, em frente aos vitrais da torre, e me abraçou tão forte que aquela segurança me fez chorar. —— Eu te amo tanto Luiza, que nem cabe no meu peito.

Ela se afastou e deu alguns passos para trás.

—— Eu escolhi estar com você, não escolhi?! E escolhi porque te amo com todas as minhas forças e quero estar ao seu lado nesse momento. Eu sei que te deixei sair do hospital, mas porque pensei que você precisava de um tempo e não imaginei que fosse desaparecer assim. Você não pode decidir por mim se eu quero ou não ficar contigo enquanto você está doente. Além disso, nós temos uma esperança. Você pode fazer a cirurgia.

—— Esperança? As chances de morte são altas e eu posso ficar com alguma sequela grave mesmo que sobreviva à cirurgia. Você não poderia ser feliz com um vegetal em cima de uma cama. Eu não quero esse fardo para você.

—— E você acha que ir embora e simplesmente desistir de tudo vai me fazer feliz? Ou vai fazer os seus pais felizes? —— – Ela se aproximou mais de mim e colocou o dedo no meu peito. —— Você está sendo egoísta! Eu sei que a doença é sua, mas você não pode simplesmente decidir o que é melhor para todo mundo só porque você quer e está acomodado, com medo de arriscar. Esse medo atrapalha você em tudo que você quer fazer e só machuca a você e a quem você ama. Eu não sei como é sentir que vai morrer a qualquer momento, mas sei o que é sentir que vai perder a pessoa que você mais ama no mundo e ver ela se entregar a isso sem ao menos tentar lutar.

—— Ela estava gritando comigo. —— Você tem agido estranho já faze meses, muito antes desse diagnóstico, e nem sobre isso você tem sido sincero. Eu quero saber a *verdade*. O que você faz todas as madrugadas quando sai de casa? Sua mãe me contou sobre isso. Se você quer se entregar para esse tumor, então tá bom, mas pelo menos seja sincero comigo sobre qualquer outra coisa… *eu mereço.*

Ela virou as costas para mim e andou em direção aos vitrais. Ela não estava chorando, mas sua raiva e indignação eram tão intensas que poderiam ser palpáveis.

—— Luz, olha para mim. —— Tentei pegar em suas mãos, mas ela hesitou; estava com os olhos cheios de lágrimas agora. —— Imagina que, em alguma realidade, em algum outro mundo, existe um Pietro saudável e uma Luiza mandona, engraçada e muito linda. Nesse mundo, o Pietro e a Luiza se conheceram, namoraram, casaram e tiveram três lindos filhos. Nesse lugar eles estão sendo felizes, pode acreditar que estão. Mas, em outro lugar, existia um Pietro não muito feliz, que abandonou alguém que precisava dele e tem que consertar isso. Um Pietro que sofreu muito a vida toda e que   abandonou uma tia que o ajudou demais. Sabe, aqui, nesse lugar, as coisas são diferentes; eu tenho um pouco de tudo, mas não tenho uma vida inteira pela frente e eu não quero fazer vocês sofrerem mais enquanto me veem sofrer. —— Eu comecei a chorar novamente e, com o coração doendo, acrescentei: —— Eu já fiz a minha escolha. E não me chame de egoísta, porque é por *vocês* que eu tomei essa decisão. Você precisa ir embora, precisa ser feliz sem mim;

agora vai doer, mas lá na frente, vai passar. Isso dói mais do que qualquer tumor, Luiza, mas agora você precisa ir.

—— Me pedir para imaginar um lugar onde eu passo a minha vida inteira com você não me ajuda. Eu quero passar minha vida com você *agora*! Não existem outras realidades para me consolar, e, mesmo que existissem, você ir embora para uma delas vai ser suficiente para nos fazer parar de sofrer? Você está fugindo do que eu te perguntei. —— Ela estava se afastando cada vez mais. —— Eu não quero ir embora, Pietro. Eu amo você e não preciso que ninguém mais cuide de mim. Eu sei me cuidar sozinha, mas quero fazer isso com *você*. Não me deixa, por favor. Você também, não. – Ela finalmente começou a chorar e veio até mim, me abraçando e colocando a cabeça no meu peito. —— Você também, não.

Eu estava quase cedendo. Quase. Me sentir dividido entre as obrigações e os sentimentos de duas pessoas era uma tortura, mas eu tinha me convencido de que ir embora era a melhor opção.

—— Luz, olha para mim. —— Pedi, novamente, e ela levantou a cabeça. —— Lembra do motivo de eu te chamar de Luz? Aqui, na lua, ou em Marte; em qualquer lugar do Universo, você sempre será a minha luz em meio ao caos. Onde quer que eu vá, sempre estarei com você. Você me tem de corpo e alma, e isso jamais mudará. —— Ela me olhou triste, parecia decepcionada. A dor em meu peito foi pior do que qualquer doença. – Eu vou te contar o que eu tenho feito quase todas as noites, mas já te adianto que tudo vai parecer loucura.

Comecei a contar toda a verdade. Todos os detalhes da minha antiga vida. Ver a maneira como ela estava me olhando só me deu a certeza de que ela nunca iria acreditar em mim. Quando terminei, essa certeza se tornou ainda mais clara.

A Luiza estava me encarando, com a sobrancelha franzida. Fiquei olhando para ela, esperando alguma reação. Depois de alguns minutos, ela simplesmente disse:

—— Vamos voltar ao hospital. Por favor. —— Ela se levantou e segurou a minha mão, me puxando. —— Vem comigo.

—— Você não acredita em mim. ——Falei, com calma e um sorriso triste. —— Eu já imaginava isso, mas, Luiza, eu não estou louco.

—— Não, meu amor, claro que não está. Eu tenho certeza de que essas coisas que você me disse são algum tipo de alucinação causada pelo tumor, mas vai ficar tudo bem.

Soltei a mão dela e comecei a rir de nervoso.

—— Isso não é o tumor. Você me pediu a verdade e eu contei. Agora, eu realmente acho que você deveria ir embora.

Ela ficou me olhando, com os olhos cheios de lágrimas, e, enquanto se virava para ir embora, respirou fundo, dizendo, logo me seguida, uma última coisa; algo que me machucou de verdade:

—— Talvez tenha sido um erro vir até aqui; talvez você realmente tenha enlouquecido.

Ela se virou para ir, mas, antes que pudesse passar pela porta da escadaria, eu notei que ainda estava com a carta em mãos.

—— Espera. Pegue isso. —— Ela pegou a carta e, antes que se virasse novamente para ir embora, eu a beijei.

Ela me beijou de volta e depois me deu um abraço apertado e sincero; então, ela se foi, e eu senti que aquele realmente tinha sido um adeus.

—— Eu te amo. —— Sussurrei, para o nada, enquanto ela sumia escada abaixo.

Capítulo 21

Fiquei algumas horas apenas olhando para o nada e rejeitando as ligações da minha mãe. Mandei uma mensagem para ela pedindo desculpa por ser um filho tão problemático; dizendo, além disso, que a amava muito e pedindo para que ela dissesse ao meu pai que eu também o amava demais. Pedi que ela conversasse com a Luiza e que pedisse para ela explicar tudo o que eu havia dito. Dessa forma, seria mais fácil; todos iriam achar que eu apenas tinha ficado maluco por estar em negação e que, por isso, fugi.

Quando me dei conta já eram onze e quarenta. Me levantei e me posicionei no local onde a fenda já estava começando a surgir. O medo me consumia por completo; a culpa, mais ainda.

Era chegado o momento. A fenda estava completamente aberta. Dei o primeiro passo em direção ao jogo de luzes, respirei fundo e entrei. Por alguns segundos fui tomado por uma sensação esquisita em seu interior e perdi minha consciência, provavelmente por estar cada dia mais fraco. Depois de alguns minutos, acordei do outro lado, um pouco desnorteado. Meu coração doeu ao me lembrar dos meus últimos minutos com a Luiza. Doía demais ter que deixar tudo e todos para trás. A culpa começava a me corroer.

Certo, para onde eu vou agora? Pensei, olhando, através dos vitrais, a rua abaixo de mim. Me concentrei nas minhas lembranças e comecei a descer as escadas da Basílica, indo em direção primeiramente à casa da minha tia. *Meu Deus, o que eu vou falar para a minha tia? Ela deve estar achando que eu morri.*

Quando saí, fiquei um tempo apenas admirando o lugar. As árvores e os prédios com suas estruturas antigas tornavam o ambiente simplesmente encantador. Olhei para trás, para a estrutura da Catedral com seu relógio no centro sendo refletido pela luz do Sol, que começava a nascer: era simplesmente magnífico.

Comecei a andar na direção que eu lembrava ser o lugar onde morei por anos. Andei por uns dez minutos, voltando o caminho algumas vezes por entrar nas ruas erradas. Quando finalmente encontrei o prédio certo, fui tomado por uma certa apreensão. Eu fui até a portaria e quem estava lá ainda era o Seu Severino; ele pareceu surpreso ao me ver.

—— Pietro. É você mesmo? Sua tia tem te procurado por toda parte; ela está desesperada. O que aconteceu?

—— Olá, Seu Severino. Pois é, eu tive que me ausentar por um tempo, mas estou de volta.

Subi até o quarto andar, onde ficava o nosso apartamento. Como de costume, minha tia ainda deixava as chaves debaixo do tapete e, para a minha sorte, ela já tinha saído para trabalhar.

Quando entrei no apartamento estava tudo organizado como sempre; e, quando entrei no meu quarto, estava tudo exatamente como eu havia deixado. Eu queria ir atrás da Fernanda o quanto antes e não tinha certeza se iria voltar para casa ou não; era difícil imaginar o que eu diria olhando nos olhos da minha tia e, por isso, resolvi deixar um bilhete.

Oi, tia. É o Pietro. Me desculpa pelo tempo que passei fora e por sumir novamente agora. Me desculpa por não te esperar para poder receber aquele abraço que só a senhora sabe dar, ou aquela bronca que me fazia pensar mil vezes antes de aprontar novamente. Me desculpa por ter a audácia de aparecer depois de meses e agora simplesmente ir pegar um pouco do dinheiro que deixei para você. Me perdoa por todo o caos que te causei desde que a senhora aceitou cuidar de mim. A senhora merece tudo de bom nesse mundo e eu te amo demais! Mais uma vez, me perdoa por tudo o que te fiz passar. Não se preocupe comigo, por mais difícil que seja. Eu estou bem. Muito obrigado por tudo!

No caminho para a casa da Fernanda eu só conseguia pensar na Luiza; em como ela deveria estar e se ela estava sentindo a minha falta ou não. A minha sensação era de que eu havia perdido a minha garota e de que eu não podia fazer nada para mudar isso.

Cheguei mais rápido do que esperava no bairro onde a Fernanda morava. Desci do ônibus e caminhei duas quadras até chegar à casa dela. Era um sobrado verde, que se destacava em meio às casas daquela rua. Bati algumas palmas no portão e esperei alguém aparecer. Bati mais uma vez e saiu alguém pela porta da frente.

—— Pietro?! Você por aqui? —— Era o irmão da Feh. Lucas.

—— E ai, cara?! Quanto tempo. —— Respondi, enquanto ele se aproximava do portão. —— A Fernanda está por aí ?

De repente, o Lucas pareceu bravo e extremamente triste ao mesmo tempo, parando de frente comigo, sem abrir o portão.

—— Você veio aqui para brincar com a minha cara?

—— Não, claro que não. Eu só vim conversar com a Fernanda. Eu estive fora por um tempo, então pensei em conversar com ela um pouco sobre algumas coisas que ela estava preocupada. —— O semblante dele ficou triste. Ele saiu e se sentou comigo na guia da calçada. —— O que aconteceu, Lucas? Onde ela está?

—— Eu não sei nem por onde começar, Pietro. Onde você estava? Sua tia estava morrendo de preocupação. Ela já sabe que você voltou? —— Eu apenas disse que aquilo não importava e perguntei sobre a Fernanda, novamente. Os olhos de Lucas estavam cheios de lágrimas. —— Você sabia que a Fernanda estava grávida? —— Assenti com a cabeça. —— Ela contou para mim primeiro; não tinha coragem de contar para o resto da família. Quando meus pais descobriram, começaram a ameaçar expulsá-la de casa. O cara que a engravidou simplesmente desapareceu quando soube e, algumas noites depois de me contar e meus pais surtarem, ela saiu aqui de casa dizendo que ia para a casa do nosso avô, perto de onde você mora. —— A cada fala do Lucas o meu coração palpitava mais forte e a ansiedade crescia dentro de mim. Imaginei que ela tivesse ido conversar comigo na manhã do segundo dia dela na casa do avô, na mesma noite em que passei pelo relógio. —— Uns dias depois, eu liguei para o meu avô e ele disse que ela tinha saído, mas não tinha voltado ainda. Se passaram três dias sem que tivéssemos notícias dela, ninguém sabia de nada. Te procuramos, mas não obtivemos sucesso. Fomos até a polícia e notificamos o desaparecimento, para que procurassem por ela e por você, até que, dois dias depois, encontraram o corpo dela em uma clínica clandestina de aborto. Não tivemos notícias suas desde então. O que aconteceu? Você foi com ela até lá? Você a deixou lá?

—— O quê?! Não… não pode ser. Ela veio falar comigo certo dia, quando apareci para trabalhar. Ela estava abalada e disse que queria conversar comigo para resolver algumas coisas consigo mesma. Mas não me deixou ajudar muito. Quando ela terminou de falar, entrou em um ônibus que estava passando e eu não consegui impedir. —— Levantei, andando de um lado para o outro na calçada, com as mãos na cabeça, incrédulo. Eu estava sentindo uma falta de ar enorme e queria chorar. —— Eu não sabia… Lucas, eu não sabia. Isso é culpa minha. Eu a deixei ir. Como eu não consegui perceber? Eu… isso não pode ser verdade.

—— Eu queria que fosse mentira, cara; eu queria mais do que qualquer coisa nesse mundo que fosse mentira. Ela era a minha irmãzinha. Você sabe mais do que qualquer um o quanto nós éramos próximos. Agora parece que falta um pedaço de mim.

Os dois eram grudados desde que a Fernanda nasceu. No começo do meu namoro com ela, o Lucas tinha tanto ciúmes que mal falava comigo. Mas sempre foi um irmão exemplar. Me sentei novamente e o abracei.

—— Isso é tudo culpa minha. Se eu tivesse conseguido impedir que ela entrasse no ônibus... eu sabia que ela não estava bem e, ainda assim, não dei o meu máximo. Me perdoa. —— Parecia que todo o peso daquela morte tinha subido nas minhas costas.

—— Pietro, você não tem culpa. Você tentou ajudar. Nós dois sabemos que, quando a Fernanda queria algo, nada a impedia; não tinha como você adivinhar que ela faria isso. É uma fatalidade e você não tem culpa; nenhum de nós tem. Ainda vai doer demais. Em todos nós dói, mas se culpar não vai trazer ela de volta. —— Ele segurou firme em meus ombros e acrescentou: —— Vai para casa. Você tem que cuidar de si mesmo e de quem ama. Diz para a sua tia que eu mandei um beijo.

Enquanto ele ia voltando para dentro de casa, eu perguntei onde ela havia sido enterrada. A gente se despediu e eu comecei a ir em direção ao Cemitério do Redentor, que não ficava muito longe.

Capítulo 22

Quando avistei o túmulo dela, de longe, não consegui mais me mexer. Minha respiração se tornou curta e difícil; parecia ter um emaranhado de espinhos no meu estômago. Só decidi seguir adiante quando meus pés começaram a doer. Fui bem devagar; quanto mais perto eu chegava, mais eu achava que ia desmaiar. Tudo pareceu um sonho até eu ver o nome dela na lápide. Foi como receber um soco no estômago. Fernanda Machado: Filha, irmã, neta e amiga querida. Iremos te amar eternamente. Caí de joelhos, abraçado com a pedra fria à minha frente, e desabei a chorar. Cada soluço vinha acompanhado de um grito de raiva. Ela não merecia estar ali. Era tudo minha culpa. *Você é quem merecia morrer, Pietro, não ela. É tudo culpa sua. Você é um idiota. Um inútil.* Meu coração estava doendo tanto que parecia que ia explodir a qualquer momento. *Você tinha que ter ido atrás dela. Imbecil. Você não consegue manter ninguém na sua vida. Qual é o seu problema, afinal?*

Enquanto eu ficava ajoelhado, sem conseguir parar de chorar, começou a chover fortemente. *Me perdoa, Fernanda.* Me levantei e comecei a ir em direção à saída do cemitério. Pedi informações em alguns estabelecimentos e peguei o ônibus em direção à Catedral; não sabia para onde mais eu deveria ir, já que eu não iria conseguir ver a minha tia naquele momento.

Já estava escuro e parando de chover quando desci no meu ponto e fui em direção à praça onde a Luiza havia me encontrado alguns meses atrás, e me lembrei do dia em que dançamos na chuva, cantando a nossa música; de repente, me toquei que estava usando o mesmo casaco daquela noite e que ela havia me dado algo antes de sair correndo. Coloquei a mão no bolso e senti o pequeno papel. Quando o abri, a chuva já tinha cessado.

Meu pai sempre me ensinou a ser única e independente. Ele sempre procurou formas de me mostrar que eu deveria lutar por mim mesma e não esperar que outras pessoas fizessem isso. Eu sempre me senti diferente dos outros, e ao mesmo tempo que às vezes isso era ruim, eu também sabia que essa era a minha forma de me sobressair por cima de todo o caos ao meu redor. Quando meu pai morreu eu perdi boa parte dessa independência e liberdade, algo que já contei para ti. Eu sentia que sem ele eu não ia conseguir seguir em frente e acabei me esquecendo que devia viver por mim, e não por terceiros, por mais que ele fosse a pessoa que eu mais amava nesse mundo. Apesar de, no fundo, eu saber que ainda estava viva, eu não tinha mais a mesma força e confiança de antes e, depois de diversos pequenos desastres, eu decidi apenas me deixar levar e esperar até encontrar algo real.

Eu pensei ter encontrado esse "algo" no Michael, mas eu estava enganada, e, quando te conheci, voltei a ver o quão única e especial eu era. O quão única e especial eu sou. Aos poucos, você me ajudou a me encontrar novamente e, quando eu estava contigo, eu conseguia enxergar a Luiza de antes novamente, aquela Luiza forte e independente. Eu te agradeço por isso, porque, mesmo que agora eu esteja sem você, eu ainda a vejo; com a sua ajuda, eu me encontrei novamente. Com você, eu pude enxergar que lar na verdade é o lugar onde seu coração é inalterável, o lugar para onde você deseja ir quando está sozinho e tem um dia difícil, é onde você vai para descansar seu corpo; não é apenas onde você deita sua cabeça ou arruma as coisas por obrigação. A cada dia que eu passava ao seu lado, eu já não me importava para onde a vida estava me levando, contanto que você estivesse comigo. Esse sentimento não veio acompanhado de uma dependência emocional; eu não preciso de você para viver a minha vida, mas eu desejo poder passar a vida com você. Então, quando eu finalmente tiver coragem de ir até você e entregar essas palavras, o descanso finalmente chegará para mim, porque, além de mim mesma, você é o meu lar. Eu finalmente vou deixar todo o meu passado para trás e, se a gente não conseguir permanecer, eu vou te guardar comigo; você sempre estará na minha mente.

Você me ensinou o que é o amor de verdade.

Por um tempo, ficamos rodeados de mentiras e de pessoas que falam demais e, infelizmente, a gente se deixou levar por isso. Eu estou tentando ficar brava, estou tentando me convencer de que isso não poderia dar certo, mas há um brilho em meio à escuridão e eu nunca saberei o que poderia ter acontecido se eu não tentar. Todas essas vozes que nos rodeiam simplesmente se calam quando você respira e quando eu imagino você me abraçando e

*rindo das besteiras que digo. Você tem um tipo de olhar
que me faz sentir que não há nada além de nós no mundo;
então, por favor, vamos fazer tudo o que der, sozinhos,
porque a gente não precisa de mais nada e nem ninguém.*

*Eu fico pensando se eu por acaso não fiz a jogada
errada e esperei tempo demais para aceitar o que eu sinto
por você, e, caso eu tenha feito isso, eu te peço perdão. Eu
me conheço e sei que me jogo com muita intensidade, o
que me deixa muito assustada ao criar laços afetivos. Mas,
quando se trata de você, eu não vejo motivo algum para ter
medo, o que me faz querer manter distância, porque eu
sinto que, se você não me machucar, eu vou acabar te
machucando. É difícil de explicar tudo o que eu sinto, e
você não tem obrigação de aceitar entender essa bagunça;
até porque a única certeza de que tenho nesse momento é
que eu amo você.*

Fechei meus olhos ao terminar de ler e simplesmente
concentrei todo o meu esforço em pensar na Luiza. A chuva
recomeçou, aos poucos, e, ainda de olhos fechados, guardei o
papel no bolso de dentro da jaqueta. Quando estava
retornando a mão ao meu colo, alguém a segurou e eu abri os
olhos, assustado. Meu coração acelerou e uma felicidade e
confusão imensa tomou conta de mim; eu quase não
conseguia acreditar no que estava vendo. *Ela conseguiu,* foi a
primeira coisa na qual pensei. A chuva estava ficando cada
vez mais forte e a Luiza estava encharcada, como da primeira
vez. Era tudo exatamente igual; a roupa, o cabelo, o olhar. A

única diferença era que agora eu me lembrava dela. Nós tínhamos conseguido abrir uma brecha no looping. Ela estava sorrindo e chorando ao mesmo tempo.

—— Meu Deus, isso tudo é uma loucura, Pietro. —— Ela me abraçou com força e começou a rir. – Eu te procurei pela cidade inteira. Quer dizer, pela nossa cidade... minha, eu acho. Aí eu lembrei das coisas que você me disse e, mesmo parecendo loucura, eu fui até o relógio, no outro dia e encontrei a carta... você ainda tem que me explicar tanta coisa.

Ela me soltou e ficou me olhando fixamente; eu só conseguia sorrir. Passei a mão em seu rosto e ela me beijou, enquanto a chuva escorria pelos nossos corpos. Afastei meu rosto alguns centímetros e disse a única coisa na qual conseguia pensar.

—— Você conseguiu, Luz. Você conseguiu.

Logo em seguida, em meio a toda aquela felicidade, me veio uma imagem estranha em mente. Eu e a Luiza estávamos caídos no chão, em meio a diversos destroços. Eu estava longe dela e só conseguia ver seu rosto apoiado no asfalto, machucado, encharcado de sangue e com um corte na testa, me olhando de longe. Seu olhar estava vidrado, como se enxergasse além de mim. O asfalto era quente e estava cheio de sangue, gasolina e vidro. Minha cabeça estava doendo de um jeito excruciante, mas, ainda assim, consegui me forçar a me arrastar até ela e segurar sua mão. Novamente, voltei para a praça, atordoado. Olhei fundo nos olhos dela, enquanto ela me dizia, com um sorriso:

—— Eu te amo, Pietro. Vai ficar tudo bem.

Ficou tudo escuro e o som estava abafado, mas eu conseguia distinguir pequenos bips de aparelhos, além de vozes ao fundo, se tornando cada vez mais claras.

—— Ele está se mexendo. Eu tenho certeza de que vi ele se mover. —— Eu conhecia aquela voz, mas não me lembrava de quem era

—— Luiza... – Comecei a balbuciar e a abrir os olhos, devagar. Estava tudo meio embaçado.

—— Ele está abrindo os olhos!!! Chama a enfermeira, agora!!!

Olhei em direção à voz e senti uma mão tocar a minha. De repente, comecei a ficar agitado. Comecei a olhar em volta e a perguntar desesperadamente:

—— Onde está a Luiza? O que está acontecendo?

—— Calma, meu bem, calma. Respira fundo. A Luiza não está aqui. – Notei que a pessoa ao meu lado era a minha mãe.

—— Mãe, por favor... o que aconteceu? Como eu vim parar nesse lugar? Você nem deveria estar aqui...

Uma equipe de quatro médicos entrou na sala, junto com meu pai. Uma enfermeira injetou algo na minha veia enquanto dois dos médicos tentavam me segurar. Em alguns minutos, senti o efeito do medicamento e comecei a me acalmar. Quando finalmente parei de perguntar pela Luiza, uma médica alta, loira e de olhos castanhos se aproximou de mim, falando com uma voz tranquila e amigável:

—— Oi, meu nome é Marcela. Você se lembra qual é o seu nome?

—— Sim... meu nome é Pietro. —— Minha cabeça doía. —— Como eu vim parar aqui?

—— Muito bem, Pietro, isso é muito bom. Você sabe quantos anos tem e quem é essa moça ao seu lado?

—— Eu tenho dezoito anos, mas já vou fazer dezenove. —— Olhei na direção da minha mãe. —— Ela é a minha mãe, mas... o que eu estou fazendo aqui? Me responda, por favor. Onde está a Luiza?

—— Pietro, você precisa manter a calma. Uma pergunta de cada vez. Vamos fazer um combinado, tá bom?! Eu prometo tentar responder a todas as suas perguntas, mas antes precisamos fazer alguns exames.

—— Tudo bem, doutora, mas responde pelo menos o que está acontecendo e onde está a Luiza. —— Tudo parecia girar e absolutamente nada fazia sentido.

——Não existe uma maneira fácil de dizer isso. Você sofreu um acidente de carro há alguns meses e, desde então, tem lutado para sobreviver. Esse tempo todo só tem conseguido respirar através de máquinas. Apesar de, na última semana, você subitamente ter começado a dar sinais, as chances de você acordar eram... —— Antes de continuar ela deu uma olhada discreta para os meus pais. – *mínimas*.

Percebi que ninguém respondia quando eu perguntava sobre a Luiza, o que estava começando a me deixar nervoso.

—— E a Luiza? Onde ela está? —— Perguntei, começando a me exaltar novamente.

Minha mãe colocou a mão em meu rosto e o virou em sua direção. Eu olhei para os olhos dela, implorando por informações.

—— Vocês estavam no seu carro, filho, voltando da viagem que fizeram, quando um caminhão veio na contramão... estava chovendo muito e o motorista estava embriagado; a Luiza foi arremessada para fora do carro e você bateu a cabeça com tanta força que sofreu um traumatismo. Quando encontraram vocês, você estava abraçado ao corpo dela. Eu sinto muito, filho. Eu sinto muito mesmo. —— Enquanto a minha mãe falava, começando a chorar, parecia que alguém tinha jogado uma bomba no meu peito.

—— Isso não faz sentido... alguém pode me responder onde realmente está a Luz? Não brinca comigo, mãe. Por que você sente muito? —— Por mais que eu já soubesse a resposta, eu não queria aceitar.

Minha mãe chegou perto de mim e segurou a minha mão; meu pai ficou apenas olhando de longe. Vi que outro médico estava conversando com a doutora Miranda; eles falavam baixo para que eu não escutasse. O médico era meio baixo, gordinho e usava óculo. Ele se aproximou da minha cama e começou a falar:

—— Olá, Pietro. Meu nome é Gabriel e eu fui o médico responsável pela Luiza. Você precisa ser muito forte para o que vou te dizer. – Ele respirou fundo. —— Eu sinto muito, nós fizemos de tudo, mas ela não resistiu ao acidente. A Luiza está morta.

—— Não… nós estávamos na praça e estava tudo bem... —— De repente, me lembrei novamente do rosto da Luiza completamente machucado e cheio de sangue, enquanto eu tentava alcançá-la.

Nós estávamos no carro, voltando de uma viagem. O tempo estava com uma névoa muito densa. A Luiza estava rindo de alguma bobagem que eu tinha dito. Não era eu que estava dirigindo, então tinha toda a liberdade do mundo para admirá-la. No rádio tocava "De Janeiro a Janeiro". Ela estava tentando pegar uma batatinha do saquinho que estava no meu colo e me olhou por uma fração de segundo. Senti uma luz forte bater em meu rosto e quando olhei para frente, em meio à névoa, vi um caminhão vindo em nossa direção. Coloquei a mão no volante, tentando desviar o carro. A Luiza começou a gritar e tudo aconteceu muito rápido. Subitamente, o carro começou a capotar e só deu tempo de vê-la sendo arremessada antes que eu perdesse a consciência. Quando acordei, comecei a procurar pela Luz e minha cabeça parecia estar queimando. Olhei para a frente e a vi. Em meio a vidros, sangue e gasolina, estava o meu amor. Os olhos dela, antes tão alegres e cheios de vida, agora pareciam vazios. Meu peito começou a arder e eu me arrastei até ela. Quando a alcancei, abracei o seu corpo e comecei a gritar. Um pouco depois, perdi a consciência.

Eu não conseguia entender o que tinha acontecido. Ela tinha me encontrado. O que foi que deu errado? Os outros médicos apenas faziam anotações e eu percebi que um deles, muito novo, estava dizendo algo para a loira um pouco antes de ela se aproximar de mim novamente, dizendo:

—— Eu sei como vai ser difícil aceitar isso, Pietro, mas nós precisamos que você nos conte qual a última coisa da qual se lembra e por que sua mãe não deveria estar aqui. Pode ser? Só assim a gente vai poder te ajudar a entender tudo isso.

—— Minha última lembrança somos eu e a Luiza na praça, perto da Catedral. A gente não tinha carro nenhum lá e estávamos *tão* felizes. Minha mãe não deveria estar aqui, porque... —— Arrumei minha postura na cama e coloquei a mão na nuca – Vocês vão me achar louco.

—— Pietro, nós lidamos com isso todos os dias. Pode falar conosco.

Apertei a mão da minha mãe, como que em busca de apoio. Olhei mais uma vez para o meu pai e ele veio até mim, colocando a mão no meu ombro; então, comecei a contar absolutamente tudo o que havia acontecido. Quando terminei, a doutora pediu para que os médicos mais novos saíssem da sala e ficaram apenas ela e o Dr. Marcos; este olhou para mim de forma muito intensa, antes de falar:

—— Pietro, isso vai ser muito difícil de ouvir, mas... nada disso aconteceu de verdade. O seu cérebro provavelmente criou algum tipo de ilusão para te ajudar a lidar com a morte da Luiza e com o acidente, mas nada disso foi real. Nesta última semana, seu cérebro reagiu de um jeito que ninguém esperava e provavelmente foi porque o tempo da sua ilusão se passou todo durante essa semana. É normal que você não se lembre de nada real ainda, isso acontece com muitos pacientes que passam pelo coma e por traumatismos.

Eu simplesmente não conseguia falar nada. Minha mãe pediu que os médicos saíssem do quarto, pois eu precisava de um tempo.

—— Não consigo entender. Tudo tinha tantos detalhes, e eu sinto que foi real. Todos os meus sentimentos e sensações… não pode ter sido só uma ilusão.

Ela começou a passar a outra mão no meu cabelo, enquanto meu pai falava pela primeira vez desde que abri os olhos.

—— Filho, tudo pareceu real porque você queria que fosse. Você precisava de um refúgio. Além disso, muitos detalhes desse *sonho* têm ligação com coisas do seu dia a dia. Você realmente estuda astrofísica e sempre foi fissurado por buracos de minhoca e teorias do espaço-tempo. A Luiza cursava literatura e muitos dos detalhes do romance que ela estava escrevendo estavam presentes no seu sonho. Mas nada aconteceu de verdade.

Eu não conseguia tirar os olhos da parede do quarto.

—— Vocês podem sair, por favor? —— Pedi.

—— Mas, filho…

—— Por favor, apenas saiam daqui. Eu preciso ficar sozinho. —— As palavras saíram um pouco mais duras do que eu pretendia, mas não me desculpei.

Fiquei mais dois dias no hospital. Na manhã no segundo dia comecei a me lembrar de pequenos detalhes da minha vida; lembranças da minha infância e pequenos traumas; lembranças de como eu realmente conheci a Luiza e de como nos apaixonamos; lembranças da faculdade e do ensino médio. E isso apenas me fazia sentir mais dor dentro de mim. *Por que eu simplesmente não morri? Qualquer coisa seria melhor do que saber que eu a perdi... de novo.*

Ouvi os médicos conversando com meus pais do lado de fora. A porta do quarto estava entreaberta e pude escutar a conversa claramente.

—— Nós não queríamos dizer nada na frente dele, por isso dissemos que faríamos mais alguns exames, mas o Pietro não vai sair desse hospital.

—— Como assim? —— Ouvi as vozes alarmadas dos meus pais.

—— As chances de ele acordar em uma situação normal não eram apenas mínimas, mas sim impossíveis. Seu filho estava vivo apenas por conta das máquinas, ele não iria mais acordar. Depois que ele começou a reagir, subitamente nós já desconfiávamos do que seria, mas não tínhamos certeza de que ele chegaria a recuperar a consciência, então não dissemos nada antes. O que está acontecendo nós chamamos de "Melhora da Morte", que é quando um paciente em estado terminal subitamente melhora e parece completamente saudável. Nós, médicos, ainda não sabemos realmente o que leva esses pacientes a terem essa súbita melhora, mas é algo comum. —— A Dra. Marcela segurou a mão da minha mãe. —— Eu aconselho vocês a ficarem o máximo de tempo possível ao lado dele, pois a qualquer momento ele vai... *ir embora.*

Minha mãe abraçou meu pai e começou a chorar, enquanto ele dizia algo em seu ouvido. Depois, eles entraram novamente no quarto, sozinhos, e se sentaram ao meu lado na cama.

Minha mãe tentou sorrir e dizer algo, mas não conseguiu, e meu pai apenas conseguia segurar minha mão, com os olhos cheios de lágrimas.

—— Está tudo bem. —— Falei para eles, sorrindo. —— Eu escutei o que eles disseram.

—— Ah, meu amor, eu sinto muito. —— Minha mãe me abraçou e começou a chorar ainda mais. Meu pai começou a passar a mão nas costas dela.

—— Está tudo bem, mamãe. Eu não estou com medo. —— Nesse momento, o papai também não aguentou e começou a chorar junto com ela. —— Eu amo vocês demais e sempre vou estar aqui. Em cada lembrança e cada gesto de amor. —— Levantei o rosto da minha mãe e sequei suas lágrimas. —— Para de chorar, mamãe, está tudo bem. Eu amo vocês.

Apoiei minha cabeça no travesseiro novamente e comecei a sentir que as coisas estavam ficando distante e sem foco.

Consegui ouvir minha mãe gritando, enquanto meu pai a segurava:

—— Não!!! Por favor, não!!! O meu menino não!!! Eu te amo, meu amor, eu te amo!

Dei um último aperto em sua mão e tudo ao meu redor ficou escuro.

Abri meus olhos e vi pura luz. Apoiei minha mão no chão e me levantei, devagar. *Onde eu estou?* Pensei. Fiquei de pé e olhei ao redor. Era um lugar magnífico. A luz do sol penetrava por entre os galhos das árvores que se encontravam no topo de um céu azul intenso. Ao meu redor, os diversos tons de verde, marrom, laranja e amarelo das árvores e das muitas flores se confundiam e formavam novas cores esplêndidas. O som de pássaros e de água corrente enchia os meus ouvidos e me dava uma sensação de calma surreal. O chão estava coberto por folhas de um verde-escuro que eu nunca tinha visto antes, e eu estava parado bem no meio de uma trilha, com pedrinhas brancas dos dois lados, formando um caminho que seguia adiante, além do horizonte. Senti uma mão se entrelaçar na minha e, quando olhei para o lado, vi a Luiza. Ela estava radiante, usando um vestido longo, branco com girassóis. Tinha um pequeno cinto dourado, parecido com um fio de ouro, enrolado na cintura, mantendo o vestido mais justo ao corpo. Ela estava descalça e tinha uma pequena pulseira de jade, num tom de verde brilhante, em seu tornozelo. O cabelo estava solto, emoldurando seu rosto, que era todo sorrisos. O tom dos fios estava mais claro, de um jeito que, contra a luz, o castanho poderia ser confundido com ruivo. Ela se inclinou até mim e me deu um beijo singelo antes de dizer:

—— Você está lindo.

Olhei para mim mesmo e notei que minhas roupas também eram brancas. Eu estava com uma calça de moletom e uma camiseta simples, nada comparado a ela. Eu sorri, mas de repente fui tomado por uma tristeza.

—— Nada disso é real. Eu estou morrendo, Luz, e tudo o que eu queria era poder ficar para sempre com você.

—— Você ainda pode. Eu estou aqui, não estou?!

Olhei no fundo dos olhos dela e percebi que aquilo era verdade. Tudo ao lado dela era possível; qualquer coisa podia facilmente se tornar real. Mas, apesar de sentir isso, eu sabia que aquele era só mais um sonho, o último, me alertando para dizer minhas últimas palavras a ela. E foi o que fiz.

Ela começou a caminhar pela trilha, comigo ao seu lado, nossas mãos entrelaçadas, enquanto eu dizia:

—— Tudo isso começou com um único pensamento meu: qual o motivo disso tudo? E a resposta é simples, Luiza. O motivo disso tudo é você. Apenas você. Minha vida, pelos poucos detalhes que ainda me restam em mente, foi baseada em confusão, e a resposta para tudo, a solução de tudo, é você. Eu precisava passar pelas coisas que passei para me tornar alguém melhor para quando eu ganhasse a melhor coisa do universo: você. Eu te amo com todas as minhas forças, a ponto de criar uma outra vida em meio ao coma só para poder estar ao seu lado. E quer saber por que eu não tenho medo do que vai acontecer agora? Porque eu sei que você vai estar comigo e que você é a minha Luz; a estrela que sempre vai me guiar para onde é o meu lugar.

Ela sorriu, me encorajando a continuar, e apertou minha mão com mais força, enquanto caminhávamos

—— Sabe... – Ela me olhava tão profundamente, aqueles olhos marcantes brilhavam como uma galáxia inteira. —— Agora eu estou começando a me lembrar de quando te conheci, de verdade; quando tínhamos apenas dezessete anos. Quando eu te vi pela primeira vez, sentada, lendo o seu livro favorito, foi nítido o quão diferente você era de todas as pessoas que já conheci. Você se destacou com o seu jeito fácil e alegre. Mas eu era tão fechado, com poucos amigos e quase nunca abria a boca; e quando fomos para aquele passeio no MASP, para a minha surpresa, você chegou ao meu lado e começou a puxar assunto. Eu achei que era alguma brincadeira de mau gosto. Os dias se passaram e nós nos tornamos amigos, de um jeito que você me fez abaixar a guarda e eu descobri em mim alguém brincalhão, sem medo de viver. Você despertou o melhor de mim e se tornou parte de quem sou.

No fim da trilha, eu conseguia ver um grande riacho azul, brilhante. A Luiza me puxou para o lado e nos sentamos em um pequeno tronco, do lado direito do caminho que estávamos seguindo. Por um segundo, fiquei desnorteado olhando as coisas ao redor e, depois, admirando o rosto dela, que estava diferente, como se estivesse mais brilhante e difícil de enxergar.

—— Cansei de andar, mas pode continuar falando; são ótimas lembranças. – Ela disse, enquanto chegava mais perto e colocava a cabeça no meu peito.

Apoiei meu queixo no topo da cabeça dela e continuei:

—— Eu nunca pensei que algum dia você pudesse me ver além de um simples amigo; foi difícil te conquistar e eu detestava quando você ressaltava que seríamos apenas isso. Confesso que pensei em desistir, mas o prêmio de ter o teu coração fez tudo valer a pena. —— Comecei a passar o dedo pela palma da mão dela, de um jeito que sabia que ela gostava. —— Eu me lembro do nosso primeiro beijo, na formatura do ensino médio. Você ficou irritada porque viu uma das amigas da Lilian dando em cima de mim, então simplesmente passou a noite toda me ignorando. Eu não entendi o que estava acontecendo e a gente brigou, porque eu ainda nem sequer sabia dos seus sentimentos por mim, e, quando eu disse que te achava egoísta por não ser sincera comigo, que você nem sequer gostava de mim, então não tinha porque se irritar, você me beijou, ao som de All Of The Stars, que estava tocando do lado de dentro do salão.

—— Eu me lembro muito bem disso!! —— Ela disse, rindo. —— Acho que se eu não tomasse uma atitude, você nunca iria se tocar.

Comecei a rir enquanto ela me cutucava com o cotovelo.

—— Eu lembro como você ficou relutante para aceitar que sentia mais que amizade por mim e como você ficou com medo de estragar tudo. Mas, a cada dia, esse sentimento crescia dentro de nós. E quando você me pediu em namoro naquela livraria?! O lugar que você mais amava no mundo. Eu acho que nunca ri tanto quanto naquele momento; eu realmente não esperava que você fizesse aquilo. Depois daquele dia, finalmente eu pude dizer ao mundo que eu tinha a melhor mulher do mundo ao meu lado. —— Ela levantou a cabeça, empolgada, e eu fiquei acariciando seu rosto.

—— Lembra que, logo no começo do nosso namoro, nós largamos nossos pais e fugimos para a praia? —— Ela começou a dizer isso e seu rosto estava ainda mais iluminado. —— Você estava cheio de medo, mas, quando chegamos naquela praia quase deserta, esquecemos o mundo e foi só eu e você, a imensidão do mar e as estrelas. —— Ela me olhou, com amor e carinho, e completou: —— Eu te amo tanto.

—— Eu te amo muito. —— Falei, antes de continuar: —— – E agora, Luz, o que vai acontecer?

—— Agora nós temos que seguir em frente.

A Luiza se levantou do pequeno tronco e me segurou pelas mãos. Começamos novamente a andar em direção à água cristalina. Mas eu não sentia medo algum, sabia que agora tudo ficaria bem.

As máquinas começaram a parar e os batimentos cardíacos do Pietro cessaram, aos poucos, por completo. Sua mãe não conseguia parar de gritar, desesperada por estar perdendo seu filho. Samuel, pai de Pietro, se levantou e a segurou pelos braços, forçando que ela saísse do quarto enquanto os médicos entravam com os equipamentos de reanimação.

—— Calma. Por favor. —— Ele estava chorando também, mas tentando ser forte por ela. —— Vai ficar tudo bem. —— Ele a abraçou enquanto saía do quarto.

—— Tira ela daqui, agora!!! —— A Dra. Miranda gritava enquanto rasgava a roupa de hospital para expor o tórax de Pietro. —— Carregar em cem!!! —— Ela continuava a gritar, enquanto segurava as pás do desfibrilador.

A primeira corrente elétrica transpassou o corpo frágil e pálido de Pietro, sem sucesso.

—— Carregar em cento e cinquenta!!! —— Ela gritou novamente para os enfermeiros.

O corpo de Pietro continuava a subir e descer quando a eletricidade transpassava seu corpo, mas era tarde demais.

A Dra. Miranda não estava pronta para desistir, mesmo sabendo que não havia mais o que fazer. Olhou para trás e viu a mãe do garoto que estava prestes a perder. Uma lágrima escorreu de seus olhos. A segunda corrente elétrica também não surtiu efeito, muito menos as outras duas que vieram a seguir.

—— Eu sinto muito, Pietro. —— Ela sussurrou, enquanto colocava as pás de lado e olhava para o relógio. —— Hora da morte:19:16.

A Dra. Miranda deixou o desfibrilador de lado e saiu do quarto, chorando, para dar a notícia aos pais de seu paciente. A dor que a assolava era terrível, pois ela nunca tinha perdido um paciente antes.

Epílogo

Pietro Marques nasceu no dia quinze de maio de 2002. Ele cresceu na zona oeste da cidade de São Paulo, em uma família de classe média. Seus pais se divorciaram quando ele ainda era uma criança, aos quatro anos de idade, por isso cresceu como uma pessoa fechada, que preferia se privar de sentimentos, evitando se apegar às pessoas por achar que elas também iriam embora, como seu pai, que se casou novamente após apenas três meses do divórcio e era negligente com ele.

No ensino médio, ele era um garoto de poucos amigos. Teve algumas paixões, mas ninguém com que ele se relacionasse por muito tempo; pessoas rasas não o interessavam, esperava por alguém que o fizesse se sentir bem de verdade, com quem ele pudesse ser ele mesmo, sem medo. Era um aluno mediano, conseguia manter boas notas, e elas só não eram melhores porque ele não gostava de fazer muito esforço.

Em seu último ano no ensino médio, as coisas pareceram ter ficado mais difíceis; a solidão parecia ter tomado conta dele por completo.

Certo dia a escola do Pietro convocou os alunos do terceiro ano do ensino médio para uma visita ao MASP, um dos museus mais visitados de São Paulo, pois estava havendo algumas exposições de pintores famosos do mundo todo. Durante a visita, ele passava pelos corredores do museu, observando minuciosamente cada detalhe das pinturas, refletindo sobre o que inspirou os artistas, quando, inesperadamente, uma garota parou ao seu lado perguntando sobre qual seria a inspiração de Tarsila do Amaral ao pintar o quadro "A Negra". A menina tinha um riso fácil e sincero. Esse foi o primeiro contato entre Pietro e Luiza.

Alguns dias depois da visita ao museu, eles começaram a conversar diariamente. O medo de criar algum laço afetivo e depois ela ir embora sempre falava mais alto, mas quanto mais os dias se passavam, mais a Luiza conseguia fazer o Pietro se abrir; a partir daí, os dois consolidaram uma amizade forte, amizade essa que o Pietro jamais poderia imaginar ter. Eles se divertiam juntos e ficavam tristes juntos, sem perceberem que estavam criando um vínculo forte, que ia muito além de uma simples amizade.

Poucos meses depois, o Pietro se tornou alguém muito diferente do que estava habituado a ser; ele era mais alegre e comunicativo, o que tornava mais fácil fazer novas amizades, além de melhorar seu relacionamento com a sua mãe e a lidar de uma forma melhor com o que sentia em relação ao pai. A Luiza se tornou sua confidente e, com ela, tudo parecia mais fácil. Ele conseguia ser ele mesmo. Quando percebeu que estava apaixonado por ela, tentou não dar atenção ao sentimento, já que ela sempre deixava muito claro que o que sentia por ele era apenas amizade e não queria estragar isso. No final daquele ano, a escola promoveu uma festa de formatura para as turmas de terceiro ano do ensino médio. Pietro e Luiza resolveram ir juntos. Naquela noite, ela estava usando um vestido preto, que acompanhava a silhueta de seu corpo, com detalhes em renda e algumas pedras brilhantes. Pietro estava usando um smoking preto e uma gravata borboleta preta, brilhante, para combinar com o vestido dela.

Nessa mesma noite, eles descobriram que os seus sentimentos eram recíprocos; iam além da amizade, e as coisas entre os dois se tornaram ainda melhores.

Começaram a faculdade: Pietro cursava astrofísica e a Luiza, literatura. Apesar de os cursos serem distintos, os dois se ajudavam sempre, incentivando um ao outro. A Luiza estava focada em escrever seu primeiro romance e, sempre que podia, Pietro procurava ajudá-la. Ao mesmo tempo, ele estava escrevendo uma tese sobre buracos negros, já que desde pequeno era fascinado por isso.

Quando completaram um ano de namoro, foram para a casa de praia da mãe do Pietro; lá era como um refúgio, eles se desligavam de tudo e de todos. Aquela casa era o pequeno mundo deles. O final de semana foi simplesmente incrível; eles se divertiram, dormiram na areia para observarem o céu estrelado, dançaram suas músicas favoritas. No retorno para casa, a névoa estava densa demais na estrada. Luiza estava dirigindo, a visibilidade era muito baixa e, antes que ela pudesse frear a tempo, um caminhão invadiu a contramão e atingiu em cheio o veículo em que eles estavam. Luiza foi arremessada para fora do carro e morreu na hora, por traumatismo e esmagamento de crânio. Pietro ainda conseguiu se rastejar até o corpo dela, tentando ajudar, mas perdeu a consciência, por hemorragia e trauma no cérebro, o que fez com que entrasse em coma profundo durante meses, sem expectativa de retorno. Durante o coma, seu cérebro criou um cenário que o fez imaginar uma vida com detalhes tanto do livro da Luiza, quanto da tese que estava desenvolvendo na faculdade. Ele foi capaz de sentir emoções verdadeiras; ele

viveu uma aventura em sua própria mente. Mas, quando acordou do coma, a realidade foi decepcionante e difícil de enfrentar: o amor da sua vida tinha morrido. Os médicos responsáveis por ele disseram que as chances de ele despertar do coma, com expectativas de vida, eram inexistentes, e seu súbito retorno era o que chamavam de "Melhora da Morte". O diagnóstico final deixou seus pais arrasados, mas, para ele, foi um alívio. Sem conseguir lidar com a culpa que o consumia, simplesmente se entregou para o fim inevitável: a morte. Somente uma coisa era certa: agora ele poderia ficar ao lado da mulher da sua vida, a única pessoa que havia sido verdadeiramente capaz de o fazer se sentir feliz: Luiza.

PERSONAGENS

- •Pietro - Personagem principal.
- Luiza - Namorada do Pietro.
- Emilly Carter, Lilly - Amiga de infância e ex-namorada do Pietro em Michigan.
- Michael Jones – Ex-namorado da Luiza e primo do Josh.
- James Calahan, Jimmy - Amigo de infância do Pietro em Michigan e ex-namorado da Lilly.
- Dylan O'Brien - Melhor amigo de infância do Pietro em Michigan.
- Joshua Williams, Josh - Melhor amigo da Luiza e primo do Michael.
- Sam, Samuel, e Stella - Pais do Pietro.
- Mary - Tia do Pietro em Michigan.
- Donna Parker - Mãe da Luiza.
- Dra. Alexandra - Médica assistente no caso do Pietro.
- Dr. Phillip - Médico responsável pelo caso do Pietro.
- Ricon - Professor do Pietro na Universidade Michigan.
- Russel - Professor aposentado da Universidade Michigan; além do Pietro, foi o único que teve contato com a fenda.
- Wanda - Diretora da Universidade Michigan.
- Andrew - Tio da Lilly.
- Enfermeira Rose - Figurante no hospital.
- Lucas Miller - Vigia na Universidade Michigan.
- Dra. Marcela - Médica responsável pelo Pietro no Brasil.
- Dr. Gabriel - Médico responsável pela Luiza no Brasil.
- Seu João - Dono da padaria no centro de São Paulo e avô da Fernanda.
- Fernanda – Ex-namorada do Pietro no Brasil.
- Marcelo Oliveira - Melhor amigo do Pietro no Brasil.

• Felipe Almeida - Melhor amigo do Pietro no Brasil
• Laura- Tia do Pietro no Brasil.
• Seu Chico - Dono da padaria na infância de Pietro.
• Marcos - Primo traficante do Marcelo.